U0906034

Yilin Classics

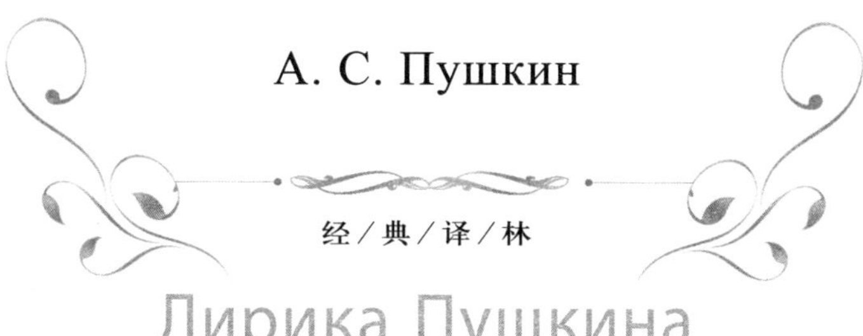

A. C. Пушкин

经／典／译／林

Лирика Пушкина

普希金诗选

[俄罗斯] 普希金 著

穆旦 译

译林出版社

图书在版编目（CIP）数据

普希金诗选 / （俄罗斯）普希金著；穆旦译．—南京：译林出版社，2022.10（2024.5重印）
（经典译林）
ISBN 978-7-5447-9376-6

Ⅰ.①普… Ⅱ.①普… ②穆… Ⅲ.①诗集－俄罗斯－近代 Ⅳ.①I512.24

中国版本图书馆 CIP 数据核字（2022）第 147593 号

普希金诗选 ［俄罗斯］普希金／著 穆 旦／译

责任编辑 王 珏
装帧设计 孙逸桐
校 对 戴小娥
责任印制 董 虎

出版发行 译林出版社
地 址 南京市湖南路 1 号 A 楼
邮 箱 yilin@yilin.com
网 址 www.yilin.com
市场热线 025-86633278
排 版 南京展望文化发展有限公司
印 刷 南京新世纪联盟印务有限公司
开 本 880 毫米 ×1240 毫米 1/32
印 张 9.5
插 页 4
版 次 2022 年 10 月第 1 版
印 次 2024 年 5 月第 2 次印刷
书 号 ISBN 978-7-5447-9376-6
定 价 42.00 元

CONTENTS · 目录

一八一四年

一八一五年

一八一六年

一八一七年

一八一八年

一八一九年

一八二二年

一八二三年

一八二四年

一八二五年

一八二六年

一八二〇～一八二六年

一八二七年

一八二八年

一八二九年

一八三〇年

一八三二年

一八三三年

一八三四年

一八三五年

一八一四年

告诗友[*]

阿里斯特！连你也挤来侍奉巴纳斯[1]！
你竟想驾驭顽强不驯的彼加斯[2]；
为了桂冠，你跑上了危险的途径，
你居然敢和严刻的批评交锋！

阿里斯特：相信我吧，放下你的笔，
忘掉那凄凉的坟墓、树林和小溪；
别在冰冷的歌曲中燃烧着爱情，
快下来吧，免得你跌下了高峰！
就是没有你，诗人也总是够多的；
他们印出诗——世人紧接着忘记。
也许，就在此刻，远离尘世的喧嚣，
和愚蠢的缪斯结了永生的友好，
在敏诺娃[3]平静的荫护下，隐藏着
另一部《蒂列马赫颂》[4]的另一个作者。
你该怕那没脑筋的诗人的命运，
他们成堆的诗行活要我们的命！
后世给诗人的贡奉很合情理：

---

* 这是普希金生平发表的第一篇作品，一说是写给他的中学好友 B. K. 久赫里别克尔（1797—1840）的，另一说是写给“座谈会”派的诗人，他们经常成为卡拉姆津派讽刺的对象。“阿里斯特”是喜剧中常使用的名字。

1 巴纳斯山，和赫利孔山一样，在希腊神话中是太阳神阿波罗居住的地方。

2 彼加斯，又译“珀伽索斯”，希腊神话中有翅的马，象征诗的灵感。

3 敏诺娃，又译“密涅瓦”，罗马神话中司智慧和艺术的女神。“在敏诺娃平静的荫护下”通常指“在学校中”。

4 《蒂列马赫颂》是 B. K. 特列佳科夫斯基的枯燥的史诗。

宾得山[1]上有桂花，但那里也有荆棘。
别惹上臭名吧！——假如阿波罗[2]听见
连你也想爬上赫利孔山，那怎么办？
假如他轻蔑地摇摇蓬松的头，
把救人的藤鞭当作你天才的报酬？

但那怎样？你皱着眉头想要回答；
“请原谅吧，”你对我说，“不要多废话；
当我决定了什么，我就决不灰心，
要知道，我命运不济，才拿起竖琴。
就让举世批评我吧，随它高兴，
不管它怒吼，詈骂，我是把诗人当定。”

阿里斯特：诗人并不只是凑韵律，
尽管你拿笔乱涂，用纸毫不吝惜。
要写好诗可不像维特根斯泰因[3]
战胜法国人似的那么得心应手。
固然狄米特里耶夫、杰尔查文[4]、
罗蒙诺索夫[5]，罗斯不朽的歌者和骄矜，
既促进健全的理性，又给我们教导，
可是，有多少书啊刚一出生就死掉！

---

1 宾得山，希腊山名。象征诗国。
2 阿波罗，希腊神话中的太阳神，诗歌和音乐的保护者。
3 维特根斯泰因（1768—1843），是参加击败拿破仑之役的俄国将军。
4 狄米特里耶夫（1760—1837），俄国诗人。杰尔查文（1743—1816），俄国诗人，著有《致费丽察》等颂诗。
5 罗蒙诺索夫（1711—1765），俄国文学家和科学家。

凑韵托夫、伯爵弗夫的轰响的诗篇
和沉闷的比布罗斯在书铺里腐烂[1]，
谁还记得他们？没人看那些胡话，
阿波罗的诅咒在他们身上印下。

假定说：你幸运地爬上了宾得山，
又公正地得到一个诗人的头衔，
大家读你的作品，都感到满意。
好，是否你猜想：那时候冲着你
财宝就源源而来，只为你是诗人，
那时候你就可以包收国家的税金；
铁柜里储藏着金币，你侧身躺着
就可以安安静静地养神和吃喝？
亲爱的朋友，作家可不这么有钱；
命运既不给他们大理石的宫殿，
也不给他们把金条装满铁箱；
地下的陋室，高楼顶上的堆房——
这就是他们辉煌的宫殿和居室。
人人颂扬诗人，但养活他的只有杂志，
幸运女神的车轮总驰过他而不顾。
卢梭[2]赤身而来，又赤身走进坟墓；
卡门斯[3]和贫民伙睡在一张床上，

1 凑韵托夫、伯爵弗夫，比布罗斯是普希金起的三个绰号，戏指“俄国文学爱好者座谈会”中三个写诗的人：C. A. 西林斯基–西赫玛托夫，Д. И. 赫瓦斯托夫伯爵和 C. C. 鲍布罗夫。
2 让·巴蒂斯特·卢梭（1670—1741），法国抒情诗人，鞋匠之子，他死于流放和贫困中。
3 卡门斯（1524—1580），又译“卡蒙斯”，葡萄牙诗人，死在救济院中。

柯斯特罗夫[1]在顶楼里孤寂地死亡：
是陌生人的手把他送进了坟墓。
声名只是梦；他们的生活是一串痛苦。

现在，你好像开始有点顾虑和踌躇。
你说："为什么把一切说得这样刻毒？
我们可以好好地谈论诗呀，然而
你挑剔一切就像再世的久文纳尔[2]。
既然你和巴纳斯的姊妹[3]起了争吵，
为什么又使用诗行来把我教导？
你可精神正常？我对你有什么办法？"
阿里斯特，别多说了，这就是我的回答：

我记得在乡间，一个年老的牧师
头发花白了，心满意足而且正直，
他在纯朴的俗人中和善地过活，
很久以来，人说他是第一名智者。
有一次，他参加婚礼，喝了几大杯，
傍晚的时候走出来，有几分醉；
恰巧在路上，他碰见了几个农夫。
这些傻瓜对他说："喂，请了，神父，
你告诫我们罪人，说喝酒不好，

1 柯斯特罗夫（1750—1796），俄国诗人，一生贫困。
2 久文纳尔（60—130），又译"朱文纳尔""尤维纳利斯"，罗马讽刺诗人，他的诗尖刻地讽刺了当时罗马社会的罪恶和风习。
3 "巴纳斯的姊妹"指缪斯，一共是九位女神，司诗歌、音乐、艺术等。巴纳斯是缪斯的圣地（有一个山头奉献给阿波罗）。

你老是教我们保持清醒的头脑，
我们信了你；可是，今天你自己怎么……”
“听着我的吧，”牧师对那些庄稼汉说，
“我在教堂里传道，你们遵照去做，
你们活得很好，可是——可不要学我。”

现在，我也要用这句话对你来答复，
是的，我不想改正自己，一点也不：
谁要是对诗没有嗜好，那才够幸福，
他过着平静的一生，没有思虑和痛苦；
他不必给杂志压上自己的颂诗，
或者为了即兴诗，做几星期的苦思！
他不喜欢在巴纳斯的高峰上散步；
纯洁的缪斯、烈性的彼加斯都不追逐；
拉玛珂夫[1]拿起笔来不会使他吃惊：
他平静而快乐。阿里斯特啊，他不是诗人。

可是，理讲得够了——我怕使你厌烦，
这讽刺的笔调也许教你难堪。
亲爱的朋友，这就是给你的建议：
你要不要沉默，放下你的芦笛？……
通盘想一想吧，两者随你选择：
著名固然很好，安静更加倍地难得。

---

1 拉玛珂夫，指 П. И. 玛卡洛夫（1765—1804），俄国批评家，属卡拉姆津的一派。

给姐姐*

珍贵的朋友啊，你愿意
我——这年轻的诗人，
和你在纸上谈一谈心，
并展开幻想的羽翼，
拿起被搁置的竖琴，
离开这孤寂的寺院；
这儿有永不断的平静
悠悠没入一片幽暗，
只有它和沉郁相伴，
统治着无声的修道院。
…………

你看我正迅如飞箭
要到涅瓦河边去拥抱
我金色的春天的知交，
就像柳德米拉的歌者[1]——
那幻想的可爱的俘虏，
我登上祖先的门庭，
要拿给你呀，不是黄金，
我本是贫寒的苦修僧，
只有以一束诗歌相赠。

---

* 本诗是写给诗人的姐姐奥尔茄·赛尔盖耶夫娜·普希金娜的，她和父母当时住在彼得堡，而普希金在皇村中学，并戏比自己为苦修僧。

1 指俄国诗人 B. A. 茹科夫斯基（1783—1852），《柳德米拉》是他的一篇叙事诗。

我偷偷走进休息间，
尽管拿起笔，但也为难，
啊，我亲爱的姐姐，
我将怎样和你会谈？
我不知道在今晚，
你以什么作为消遣。
是在读卢梭，还是
把让利斯[1]摆在面前？
或是跟着汉密尔顿[2]
一起嬉戏，笑个不完？
或随着格雷，汤姆孙[3]，
浮游于幻想之翼，
到那绿原，去听轻风
正从树林吹入谷中，
而林梢的密叶在低语，
伴以山上泉涧的喧腾？
或者你正把老狮子狗
放在枕上，裹在围巾中，
并且轻轻爱抚着它，
好叫它和梦神相逢？
或者，像是斯维兰娜[4]，
你正站在涅瓦河上

---

1 让利斯（1746—1830），法国女小说家，写有许多训世题材的小说。
2 汉密尔顿（1646—1720），法国作家，写有许多东方的神话和故事。
3 格雷（1716—1771）和汤姆孙（1700—1748），英国诗人，作品富于伤感的情绪。
4 斯维兰娜，茹科夫斯基同名长诗的女主人公。

沉思郁郁地望着远方?
或者，以轻快的手指
你弹着悠扬的钢琴，
使莫扎特复生?
或是正在以清歌
仿效皮钦尼和拉莫[1]?

但无论如何，就这样，
我和你已经在一起。
你的朋友心花怒放，
好像明媚的春光
无言的喜悦在充溢。
分离之苦已被遗忘，
悲哀和厌倦了无痕迹。

唉，但这仅仅是梦想!
我仍是坐在寺院，
对着暗淡的烛光，
独自和姐姐笔谈。
幽暗的禅房一片寂静，
铁闩紧紧插在门上，
欢乐被寂静监视着，
还有无聊在站岗。

1 皮钦尼（1728—1800），又译“皮契尼”，意大利作曲家。拉莫（1683—1764），法国作曲家。

我醒来环顾，只见有
摇晃的床，一张破椅，
盛水的杯子和芦笛。
幻想啊，那不过是你
赐给我幸福的片刻；
是你把我带去啜饮
迷人的希波克林[1]，
使我在禅房也能欢乐。

女神啊，要是没有你，
我不知该怎样生活。
我本习于繁华的梦，
却被命运诱到远方，
又突然处于四面墙中，
像是站在忘川[2]岸上，
永远被埋葬和幽禁；
栏门在身后吱嘎一响，
大千世界的美景啊
从此和我两茫茫！……
从此，我像个囚人，
望着外界，望着晨光，
即使太阳已经升起，
把金色的光线投进小窗，

1 希波克林，希腊神话中灵感的泉水。
2 忘川，神话中冥府的河水，人饮其水便忘记生前的一切。

我的心还是幽暗的，
它没有一点欢愉。
在黄昏，当天空的光
被暗云冉冉吞食，
我只忧郁地望着夜幕，
叹息又一天的消逝！……
我一面数着念珠，
一面含泪向栏外望去。

然而，时间不断流去了，
石门的闩将会跌落。
英俊的马儿就要
越过山峰，越过山谷，
奔向繁华的彼得堡。
我将离开幽暗的小屋，
奔向田野和自己的园地，
奔向我快乐的新居；
我将抛开禁锢的僧帽，
甘愿被贬出僧籍，
直投进你的怀抱。

皇村回忆*

沉郁的夜的帷幕
悬挂在轻睡的天穹；
山谷和丛林安息在无言的静穆里，
远远的树丛堕入雾中。
隐隐听到溪水，潺潺地流进了林荫，
轻轻呼吸的，是叶子上沉睡的微风；
而幽寂的月亮，像是庄严的天鹅
在银白的云朵间游泳。

瀑布像一串玻璃的珠帘
从嶙峋的山岩间流下，
在平静的湖中，仙女懒懒地泼溅着
那微微起伏的浪花；
在远处，一排雄伟的宫殿静静地
倚着一列圆拱，直伸到白云上。
岂不是在这里，世间的神衹自在逍遥？
这岂非俄国的敏诺娃[1]的庙堂？
这可不是北国的安乐乡，
那景色美丽的皇村花园？

---

* 诗人在皇村中学读书时，由初级班转入高级班要经过考试，这一篇诗作便是教师加利奇给的试题。考试原定在1814年10月，后延期至1815年1月8日，要求当众朗诵自己的作品。有许多宾客前来旁听。普希金预先知道了宾客中有名诗人杰尔查文，便补写了最后两节（后删去一节）。1819年编成文集时，做了一些修改，把歌颂俄皇亚历山大的地方都删去了。本诗开始几节描写了皇村的实景。

1 敏诺娃，这里指凯瑟琳女皇。沙皇经常来皇村休养憩息。

是在这里，战败雄狮的俄罗斯的巨鹰
回到恬静的怀里，永远安眠。
哦，我们黄金的时代一去而不复返了！
想那时，在我们伟大女皇的王笏下，
快乐的俄罗斯曾戴着荣誉的冠冕，
像在寂静中盛开的花！

在这里，俄国人踏着每一步
都能够引起往昔的回忆；
他只要环顾四周，就会叹息着说：
“一切已随着女皇逝去！”
于是满怀忧思，坐在绿茵的岸上，
他默默无言地倾听着轻风的吹动。
逝去的岁月会在他眼前一一掠过，
赞颂之情也浮上心中。

他会看见：在波涛当中，
在坚固的、铺满青苔的岩石上，
矗立着一个纪念碑[1]，上面蹲踞着
一只幼鹰，伸展着翅膀。
还有沉重的铁链和雷电的火箭
盘绕着雄伟的石柱，绕了三匝，
在柱脚周围，白色的浪头喧响飞溅，

1 在皇村湖的小岛上，有凯瑟琳女皇建立的一个纪念石柱，纪念名将奥尔洛夫率军于 1770 年在海上击败土耳其之役。

然后在粼粼的泡沫里歇下。

还有一个朴素的纪念柱[1]
直立在松树的浓荫里。
卡古尔河岸啊，它对你是多大的羞辱!
我亲爱的祖国，荣誉归于你!
哦，俄罗斯的巨人，从战争的阴霾中
你们锻炼和成长，你们必然永生!
哦，凯瑟琳大帝的友人和亲信，
世世代代将把你们传颂。

噢，你战争轰鸣的时代，
俄罗斯的荣誉的证人!
你看见了奥尔洛夫，鲁绵采夫，苏瓦洛夫[2]，
斯拉夫的雄赳赳的子孙，
怎样用宙斯[3]的雷攫取了战场的胜利;
全世界都为他们勇敢的业迹所震惊。
杰尔查文和彼得洛夫[4]在铿锵的竖琴上
曾经歌唱过这些英雄。

可是你去了，难忘的时代!
另一个时代很快地降临;

---

1 这是另一个石柱，纪念 18 世纪俄国名将鲁绵采夫率军在卡古尔河岸击败土耳其之役。
2 这三人是凯瑟琳女皇时代的名将。
3 宙斯，希腊神话中的众神之王，司雷。
4 华西里 · 彼得洛夫（1736—1799），俄国诗人。

它看见了新的战争，和战争的恐怖，
受苦竟成了人类的宿命。
恃强不驯的手举起了血腥的宝剑，
上面闪耀着帝王的狡猾和莽撞；
世界的灾星升起了——很快地燃烧了
另一场战争的可怕的红光。

在俄罗斯的广阔的田野
像急流，驰过了敌人的铁骑[1]。
一片幽暗的草原躺在深沉的梦中，
土地缭绕着血的热气。
和平的村庄和城市腾起黑夜的火，
远远近近，天空披上了赤红的云裳，
茂密的森林掩遮着避难的人民，
锄头生了锈，躺在田野上。

敌人冲撞着——毫无阻拦，
一切破坏了，一切化为灰烬。
别隆娜[2]的危殆的子孙化为幽灵，
只有结为空灵的大军。
他们或者不断落进幽暗的坟墓，
或者在森林里，在寂静的夜晚游荡……
但有人呐喊！……他们走向雾迷的远方！

1　指拿破仑入侵俄国。
2　别隆娜，又译“贝娄娜”，是罗马神话中的战争女神。

听那盔甲和宝剑的声响！……

战栗吧，异国的铁骑！
俄罗斯的子孙开始行进；
无论老少，他们都起来向暴敌袭击，
复仇的火点燃了他们的心。
战栗吧，暴君！你的末日已经近了，
你将会看见：每一个士兵都是英雄；
他们不是取得胜利，就是战死沙场，
为了罗斯，为了庙堂的神圣。

英俊的马儿斗志勃勃，
山谷里撒满了士兵，
他们一排又一排，为了光荣和复仇，
义愤的火填满了心胸。
他们一齐向着可怕的筵席奔来，
刀剑要求虏获：战斗在山间轰响，
在烟尘弥漫的空中，刀和箭铮鸣，
鲜血溅洒在盾牌上。

敌人败亡，俄罗斯胜利了！
傲慢的高卢人[1]往回逃窜；
但是，天庭的主宰对这百战的枭雄
还恩赐了最后一线慰安。

---

1 高卢，古地名，包括法国、比利时、荷兰等国在内的广大地区。此处高卢人指拿破仑。

我们皓首的将军[1]还不能在这里
把他降服——噢，波罗金诺血染的战场！
你没有使那高卢人的狼子野心就范，
把他囚进克里姆林[2]的城墙！……

莫斯科啊，亲爱的乡土！
在我生命的灿烂的黎明，
我在你怀里掷去了多少黄金的时刻，
不知道忧伤和不幸。
啊，你也曾面临我的祖国的仇敌，
鲜血染红了你，火焰也曾把你吞没，
而我却没有牺牲性命为你复仇，
只枉然充满着愤怒的火！

莫斯科啊，栉比的高楼！
我祖国之花而今在哪里？
从前呈现在眼前的壮丽的都城，
现在不过是一片荒墟；
莫斯科啊，你凄凉的景象使国人震惊！
沙皇和王侯的府邸都已毁灭，消失，
火焚了一切，烟熏暗了金色的圆顶，
富人的大厦也已倾圮。

---

1 指库图佐夫将军。他率领俄军和拿破仑会战于莫斯科以西的波罗金诺村，获得小胜，即撤至莫斯科。拿破仑驱军直抵莫斯科，终至全军覆没，逃出俄国。

2 克里姆林，是莫斯科的内城。

请看那里，原来是安乐窝，
周围环绕着树木和亭园，
那里飘浮过桃金娘的清香，菩提树在摇摆，
现在却只是焦土一片。
在夏天的夜晚，那静谧美妙的时光，
再也没有笑闹的喧声飘过那里，
树林和岸边的灯火再也不灼灼地闪亮，
一切死了，一切都沉寂。

宽怀吧，俄罗斯的皇后城，
且看那入侵者的灭亡。
今天，造物主的复仇的右手已加在
他们的傲慢的颈项上。
看啊，敌人在逃窜，连回顾都不敢，
他们的血在雪上流个不停，有如涌泉；
逃啊——却在暗夜里遇到饥饿和死亡，
俄罗斯的剑从后面追赶。

哦，你们终于被欧罗巴的
强大的民族吓得战栗，
高卢的强盗！你们也竟跌入坟墓。
噢，恐怖的、惊人的时期！
你到哪里去了，别隆娜和幸运的宠儿？
你曾经蔑视法理、信仰和真理之声，
你傲慢地想用宝剑推翻所有的皇位，
却终于消失了，像清晨的噩梦！

俄国人进了巴黎！那复仇的
火把呢？低头吧，高卢！
可是我看见什么？俄国人和解地微笑，
以金色的橄榄作为礼物。
在遥远的地方，战争还在轰响，
莫斯科和北国的草原一样的阴沉，
但他带给敌人的，不是毁灭——是援救，
和使大地受益的和平。

啊，俄罗斯的灵感的歌手[1]，
你歌唱过浩荡的大军，
请在友人的围聚中，以一颗火热的心，
再弹起你的铿锵的金琴！
请再以你和谐的声音把英雄们弹唱，
你高贵的琴弦会在人心里拨出火焰；
年轻的战士听着你的战斗的歌颂，
他们的心就沸腾，抖颤。

1 指杰尔查文。

一八一五年

小　城*

（给——）

亲爱的朋友，原谅我
这两年来的沉默，
虽然想给你写封书简，
但我却没有空闲。
自从坐着三驾马车
从我那朴素的家园
来到伟大的彼得城作客，
从天亮到另一个天亮，
两年来总是在匆忙，
没有事，却忙得团团转，
在戏院里，在筵席上，
又是欢乐，又打呵欠；
唉，哪里有一点钟
让我有过一点清静，
我就像个教堂执事
碰上复活节的星期四，
在讲经台上受尽苦难。
可是，多谢，多谢老天！
如今，我已经走上了

---

* 本诗初发表时，曾被检查删节。它以虚构的小城生活，写出诗人的中学生活片段，尤其着重写出他当时所读的作家和作品。它充满卡拉姆津派书信诗的轻松讽刺趣味。

平坦的大道，我已经
把忧思和日常的烦扰，
都赶出了我的门庭；
说也惭愧，这么久了
它们和我纠缠个不清。
现在，远远地避开喧嚣，
我住在一个小城里，
得以享受一个懒惰的
哲人的崇高的清幽，
快乐的无声无臭，
我租了三间小屋，
有长沙发，有小壁炉，
它们明亮而朴素：
没有青铜和金饰的闪亮，
也没有外国的锦缎
来掩盖这拼木板的墙。
窗外是愉快的花园，
那儿，苍老的菩提树
和野樱花一起茂盛，
在那儿，每当日午，
白桦树的阴郁的顶篷
就为我铺下了凉荫；
那儿有柔情的紫堇
和雪白的铃兰交缠，
一条奔流的溪水匆匆
载去了落花在那水面；

它躲开世人的眼睛，
在篱墙的一角流声潺潺。
你的善良诗人就在这里
生活得自在逍遥；
他不去时髦的交际场所，
从那大路上也听不到
往来马车的倦人的嗒嗒。
这儿没有大声喧闹，
只偶尔听到驿车
在大道上辘辘地驰过，
或偶尔有迟暮的旅人
投奔到我的房舍，
他会以行路的木棍
砰砰敲着我的栅门……

这样的人有福了：
他能够安于淡泊，
没有忧烦，满是欢笑，
并且和小爱神及菲伯
秘密地结了友好；
幸福的是，他自由自在
生活在僻静的一角，
从不想到痛苦和悲哀，
只畅快地做个愚夫，
饮食都随心安排，
不必为来客忙忙碌碌。

绝没有人来打扰他
当他独自逍遥在卧榻；
如果愿意，他可以
请一群缪斯来宴飨；
如果愿意，他也可以
把头垂在“韵客”[1]身上
甜蜜地进入梦乡。
亲爱的朋友啊，请看：
我就这样打发时间，
和那群无耻的仆役
从此不再磕头碰面，
把自己关在书房里
一个人毫不厌腻，
我倒常常很兴奋，
把整个世界都忘记。
我结识的是古人——
巴纳斯的祭司们；
在简陋的书架上头
盖着薄薄的丝绸，
他们和我日夕相处。
一些情词滔滔的歌手
和幽默的散文家汇簇，
都在这儿站得齐楚。

---

1 韵客，原文为 РИФМОВ，是给西林斯基-西赫玛托夫起的绰号，意思是只会押韵。他写过一些枯燥的长篇叙事诗。

那谟姆[1]和敏诺娃之子，
在诗人之中首屈一指，
毕生爱刻毒的清淡，
啊，弗内的皓首的顽童[2]，
你就在这群人里面！
他在菲伯的抚育中
从幼年起就长于诗歌，
他比谁的读者都多，
又比谁都少被痛苦折磨；
他是犹瑞庇底[3]的对手，
温柔的艾拉特[4]的朋友，
阿里奥斯特、塔索之孙[5]——
还有……《天真汉》[6]的父亲；
他处处都显得伟大，
这空前绝后的老人！
在伏尔泰后面的书架
还并排在一起站着
荷马、维吉尔、[7]塔索。
每逢早晨一有空闲，
我就常爱打开它们

---

1 谟姆，嘲笑和讽刺之神。
2 指法国思想家和讽刺文学家伏尔泰（1694—1778），他晚年住在日内瓦附近的弗内田庄。
3 犹瑞庇底，又译“欧里庇得斯”，古希腊悲剧大师。
4 艾拉特，九位缪斯之一。
5 阿里奥斯特（1474—1533）和塔索（1544—1595）都是意大利诗人。塔索著有《解放了的耶路撒冷》等。
6《天真汉》，伏尔泰的小说。
7 荷马，纪元前 8 世纪的希腊史诗诗人。维吉尔（纪元前 70—纪元前 19），罗马史诗诗人。

一本又一本地浏览。
往下是杰尔查文
和感伤的荷拉斯[1]并陈，
格拉茜[2]的一对养子。
还有你，亲爱的诗人，
你以美妙迷人的诗
俘获了多少颗心，
你也在此，无忧的懒汉，
心地纯良的哲人，
万纽夏·拉芳旦[3]！
不仅你，还有温柔的诗人，
我们的狄米特里耶夫，
他曾对你的虚构倾心；
靠近你，他和克雷洛夫
找到了可靠的港湾。
但在这儿，还有金翅膀的
赛姬的亲密的友伴[4]！
善良的拉芳旦啊，
他敢于和你并比……
如果你感到惊奇，

1 荷拉斯（纪元前65—纪元前8），又译“贺拉斯”，罗马诗人。

2 格拉茜，希腊神话中的美惠三女神之一，司美、文雅和喜悦。

3 拉芳旦（1621—1695），又译“拉封丹”，法国诗人及寓言作家。俄国寓言作家狄米特里耶夫和克雷洛夫都译过拉芳旦的作品。

4 赛姬，罗马神话中的美女，和爱神结了婚。“赛姬的亲密的友伴”指俄国作家、诗人И. Ф. 波格丹诺维奇（1743—1803），著有长诗《杜申卡》，叙述关于爱情的神话。拉芳旦也写过这一主题。

惊奇吧——他胜过了你！
为阿穆尔抚养的
维尔若、格列古、巴尼[1]，
在另一个角落聚集。
（在冬天的深夜里，
他们不止一次出来
把梦从我的眼角拉开。）
这里是奥泽洛夫和拉辛，
卢梭和卡拉姆津[2]，
伴着巨人莫里哀的
是冯维辛和克涅斯宁[3]。
这后面，俨然皱着眉的
是他们无情的酷评大师，
他的场面真够壮观，
一摆就是一十六卷。
虽然对于凑韵的诗匠，
拉加普[4]的风趣很可怕，
然而，我承认，我常常
耗费了时间去读它。

---

1 维尔若（1657—1720）、格列古（1683—1743）、巴尼（1753—1814），都是法国诗人，作品多以爱情为主题。阿穆尔，爱神。

2 B. A. 奥泽洛夫（1769—1816），俄国戏剧家。拉辛（1639—1699），法国古典主义戏剧家。卢梭（1712—1788），法国作家，他的政论为法国革命开辟了道路。H. M. 卡拉姆津（1766—1826），俄国作家，著有俄国史等。

3 莫里哀（1622—1673），法国喜剧作家。冯维辛（1745—1792），俄国戏剧家。Я. Б. 克涅斯宁（1742—1791），俄国戏剧家。

4 拉加普（1739—1803），法国古典主义批评家，著有十六卷的世界文学史。

注定了进入坟墓的，
在书架的最下层，
全是学院派的教义，
躺在厚厚的灰尘中：
有嚎叫戈夫[1]的大著，
有愚蠢翁[2]的颂神歌，
还有的，呜呼，只对老鼠
算是些知名之作。
祝你们，散文和诗歌，
永远的安息和遗忘！
然而（应该让你知道），
以它们作为屏障，
我秘密地藏起了
一个羊皮的本子。
这是多少世代保藏的
一卷珍贵的稿纸，
是我的一个堂兄弟，
一个俄国的骠骑兵
白白给我的馈赠。
呀，你似乎猜疑了……
但也并不难猜中；
对了，这些作品虽写好，

---

1 “嚎叫戈夫”是一诙谐的名字，可能指“俄国文学爱好者座谈会”的会员 C. И. 维斯珂瓦托夫（1786—1831）。

2 “愚蠢翁”是另一诨号，可能指 C. C. 鲍布洛夫（1767—1810），“俄国文学爱好者座谈会”会员。又一说指夏特洛夫（1765—1841），他译过《圣经》上的诗。

却不屑于印刷发表[1]。
赞美你们，荣誉的子孙，
巴纳斯的枷锁的敌人！
公爵[2]啊，缪斯的知心，
我喜爱你的戏笔，
我爱读你的书信诗
那些刺痛人的字句；
你的讽刺有社会的透视
和一种纯静的文体，
你的戏谑的联句
尖酸，顽皮而泼辣。
还有你，大胆的讽刺家啊[3]，
也出现在这稿本中，
你在阴间快活的嘘声
曾将多少诗人激恼，
啊，你正当少年气盛，
就已把他们成批投到
忘川的幽暗的波涛。
还有你，以奥妙的艺术
刻画布扬诺夫的歌者[4]，
你的形象这样丰富，
你是风趣的楷模。

---

1 自此以下，论列以手抄稿流传的一些作品和作家。
2 指 Д. П. 葛尔恰科夫（1758—1824），他的讽刺诗以手抄本流行。
3 指 К. Н. 巴丘希科夫（1787—1855），他写有《忘川岸边的景象》。
4 指诗人的伯父华西里·勒夫维奇·普希金，他著有长诗《危险的邻居》，布扬诺夫为其中的主人公。

还有你，可敬的诙谐家[1]，
你把厚底靴和匕首
从梅里波敏娜偷走，
交给了顽皮的塔莉亚[2]！
是你的彩笔为我描画，
是你的彩笔给写出
这样精彩的原著！
我看见：波得西普
和黑姑娘一起流泪；
一会儿，公爵在凳下抖颤，
一会儿，整个议会在瞌睡；
发生了悲惨的动乱，
而那些昏聩的皇帝
却玩陀螺，忘了血战……
啊，我可要招来一个壮汉[3]，
趁一个良好的时机，
他一个人占的地盘，
已将稿本填满一半！
你啊，爬上了巴纳斯，
夸不上什么名位，
却居然胆大妄为，

1 指 И. А. 克雷洛夫，他著有滑稽悲剧《波得西普》(黑姑娘和波得西普都是其中的主人公)。

2 梅里波敏娜，司悲剧的女神，着厚底靴，执匕首。塔莉亚是司喜剧的女神。

3 指 И. С. 巴尔珂夫 (1732—1768)，写淫秽作品的诗人，他有一些戏仿的作品。普希金称他为嘶嘶托夫一流人物。“嘶嘶托夫”是普希金给 Д. И. 赫瓦斯托夫伯爵起的绰号，本节的最后十行即论到他。

骑上了烈性的彼加斯！
那胡乱涂写的颂诗，
那顶楼陈设的格式，
简直是一代代相承：
嘶嘶托夫呀，伟大，伟大！
确实，我虽然不是识家，
还能鉴别你的才能；
可是，这里我却不敢
给你编织荣誉的花冠：
只有嘶嘶托夫的文风
才能将嘶嘶托夫颂扬；
然而，见你的上帝去吧！
我要是和你一样：
宁愿发誓不再写啦。

哦，你们，在我的幽居，
我所喜爱的作家！
从现在起，请占据
我恬适无忧的闲暇。
我的朋友，我整天
都和他们凝神相聚：
有时在思维中沉湎，
有时随自己的思绪
飘浮到极乐园去。
有时候，当夕阳西下，
当最后的一道彩霞

没入灿烂的金色，
而主宰黑夜的星星
浮在夜空上闪烁，
树林安睡得恬静，
只有林木的簌簌声；
这时啊，冥冥的诗灵
就来到我头上翱翔；
于是，在夜的幽寂里
我将自己的歌唱
谱上牧人的风笛。
啊，幸福，幸福的是：
谁在青春蓬勃时
就接过菲伯[1]的竖琴！
像胆大的天庭的居民
他向着太阳飞翔，
越过了一切人之上；
于是声誉轰然宣称：
“诗人啊，你将永生！”

可是，我是否能骄傲于
这样诗誉的光荣？
是否我能沾得永恒？……
我愿意苦苦争取，

1 菲伯，又译“福玻斯”，希腊神话中阿波罗作为太阳神的别名。阿波罗同时也是音乐之神，他的典型形象是右手持名为“里拉”的竖琴，左手拿象征太阳的金球。

只是啊，不能够打赌：
因为，谁知道，也许
阿波罗把诗的才赋
也给我留下印记，
使我闪着天上的光
也能毫不战栗地
向着赫利孔飞翔。
那我就不至泯灭；
也许将来，在午夜，
菲伯年轻的继承人，
我的明达的曾孙，
能和我的幽灵会谈，
而且，受了我的感动，
他在竖琴上发出轻叹。

但此刻，珍爱的友人，
我为炉火所温馨，
独自坐在窗下，桌前，
面对着纸，手拿着笔，
不为了诱人的名誉，
而只有我们的友谊
如今给我以灵感。
友人啊，它使我欣喜。
而何以它的姊妹，
那年轻而怯生的爱情
却白白使我燃烧，心碎？

难道那金色的青春
枉然赠我以玫瑰,
在这痛苦的尘世里
我只有永远地流泪? ……
啊,歌者可爱的伴侣,
轻展翅翼的梦幻!
但愿你和我一起;
愿你满足我的欲念,
请借酒杯的帮助
沿着忘怀的小径
把我一直引到幸福。
当深夜万籁俱静,
当懒洋洋的罂粟
闭上我怠倦的眼睛,
请展开你的翅膀
向我窄小的屋里飞翔,
请悄悄来叩我的门,
在美妙的静谧里
拥抱你钟爱的人!
美梦啊! 在魔幻的庭荫
请显现我的亲爱的,
我的护灵,我的光明,
我所热恋的形影;
请显现她天庭的眼睛,
那闪烁给心倾注火焰;
请显现那优美的身段,

和她雪一般的玉颜；
请显现她，坐在我膝上，
阵阵苦恼的冲动
使她以热情的胸
贴靠在我的胸上，
我们嘴唇挨着嘴唇，
美丽的脸烧得红润，
泪水充满她的眼睛！……
哦，何以像不见的飞箭
你已飘逝得远远？
它骗一骗——就无踪，
不再回转的亡命客！
也不管悲泣和呻吟，
你飞往哪儿了，梦影？
啊，去了，心灵的阿谀者，
来了忧郁，心灵的折磨。

可是，亲爱的友人，
难道幸福只在于狂喜？
我的慵懒的精神
在悒郁中也感到欢愉。
我爱在夏日的乡间
独自哀愁地游荡，
看黄昏的暗影飘悬
在平静的河水上，
并且含着甜蜜的泪水

痴痴望着幽暗的远方；
如果天空晴和、明媚，
我喜欢坐在湖水边
和我的马洛[1]为伴，
那里有洁白的天鹅
充满爱情与安乐，
它们离开岸边的谷田，
和伴侣一起，昂着头，
在金色的水波上浮游。
或者闲暇时，为了消遣，
我放下书，花一个钟头
去到和善的老婆婆家，
喝她一杯喷香的茶；
我不必去吻她的手，
也不必碰靴敬礼，
她也不会挨近我坐，
可是，一大串消息
她都立刻向我絮说。
她的情报不能算少，
每个角落都搜罗到，
她一切都听说、知道：
谁死了，谁在讲爱情，
谁的妻子由于时兴
给丈夫戴上绿帽，

1 马洛，即罗马诗人维吉尔。

在哪一个菜园里
洋白菜开出了花，
弗马无缘无故地
就把他的老婆殴打，
安托什卡弹着三弦琴
弹一半就断了音——
老婆婆说得高兴，
一面把裙子缝补，
一面自己一个人啰唆；
而我呢，谦虚地坐着听，
只堕入自己的梦幻，
一个字也没听见。
正仿佛在京城里，
有一次，嘶嘶托夫
把自己的狂妄的韵律
热烈地给我朗读；
啊，那时候，显然是上帝
想试试我的忍耐力！

有时，我的好邻居，
一个退职的少校，
年纪已经七十，
会和蔼地把我唤到
他的家里吃顿便饭。
老头儿把小夜宴
吃得高兴，就对着酒盅

深深地沉入回忆中。
他抚着受伤的胸上
那奥恰科夫的勋章[1]，
想到过去那一次战争，
他们有一队人马
冲上前去迎接光荣，
可是，却遇到炮弹开花，
他们就和钢刀一同
倒卧在血腥的谷中。
说真的，我总是愿意
和他一起打发时间。
可是，老天哪，对不起！
我得对你承认一点：
我怕，我怕和神的仆役，
和城里的牧师交谈；
只是因此，我懒得去
那些婚礼的饮宴，
而乡间的神甫
作为犹太教徒之父
也毫不使我高兴；
那钩鼻子的一族
专做书吏为人诉讼，
他们受贿而致富，
真是谗讼的支柱。

1 指18世纪俄军攻入土耳其要塞奥恰科夫一役中所得的勋章。

我的朋友啊，假如不久
我和你就能相逢，
那么，我们将把哀愁
在传递的酒盅里消融；
那时，我对老天发誓
（这句话绝不悔掉）：
我将和乡间的牧师
做完短短的祷告。

梦幻者[1]

月亮悄悄地升上天空，
山冈的幽暗变为透明，
寂静飘落在湖水上，
山谷里吹拂着轻风；
在幽暗树林的僻静里
春天的歌手沉默了，
牛羊在田野里安歇，
午夜的翱翔这样静悄；

深夜以幽暗包围着
安适而宁静的一角，

1 本诗采用了茹科夫斯基的《俄国军营中的歌手》一诗的形式，有意在内容上和它形成对照，作为对该诗的一个答复。普希金表示自己是一个温煦的梦幻者，无意追求战场上的荣誉。

残烛烧剩了烛芯，
壁炉的微火也熄了；
在简陋的神龛里
排列着家神的影像，
在泥塑的宅神之前
一盏孤灯闪着幽光。

我把手支撑着头，
依靠在孤寂的榻上，
我深深地出了神，
沉湎于甜蜜的思想；
从魅人的夜的幽暗
一群群有翅的梦幻
在月亮的光辉下
飞出来，嬉戏地盘旋。

于是有低回的声音
在竖琴的金弦上振荡；
在寂静幽暗的一刻
梦幻的青年开始歌唱；
他充满秘密的哀愁，
和默默无言的灵感，
他以活泼的手指
急拨着振奋的琴弦。

幸福的是在陋室中

无须为幸福祈求，
宙斯做可靠的卫护
使他避开险恶的气候；
在慵懒而静谧的良宵，
他甜蜜地睡个不停，
军号的惊人的声响
并没有把他唤醒。

就让盾牌被冲击吧，
就让荣誉毫不赧颜
从远方以血腥的手
向我汹汹地召唤，
就让军旗随风飘扬，
人们激烈地血战，
我决不，决不去寻荣誉，
只有静谧称我的心愿。

我找到了和煦的荫蔽，
要在山野平淡地居住；
神给了我一只竖琴，
诗人的珍贵的天赋；
而缪斯总是和我同在：
忠实的女神，我赞美你！
我的小房子和荒野
因为有了你而美丽。

在金色岁月的清晨
你保护稚弱的歌者，
你以桃金娘的花冠
遮盖着他的前额，
你闪着骄傲的光辉
飞到简陋的斗室里，
俯视着小儿的摇篮
轻轻地屏住呼吸。

哦，请随我直到墓门，
年轻的同行的伴侣！
请带着梦幻朝我飞，
展开你轻飘的翅翼；
逐开阴霾的悲哀吧，
迷住我……尽管欺蒙
请指出浓雾后面的
生活的明媚的远景！

我的临终将是平静的；
死亡的和善的使者
将轻叩着门，低声说：
“去吧，到幽灵的住所！……”
有如冬夜甜蜜的梦
叩问着平静的门庭，
它头戴着罂粟花冠
扶着慵懒的手杖来临……

忆*

（致普希钦）

你记不记得，我的酒友，
在那恬适静谧的一刻，
我们如何把自己的哀愁
在冒泡的美酒里沉没？

如何在我们幽暗的一角
偷偷地坐下，不敢出声，
我们和酒神懒懒逍遥，
远远地躲开学监的眼睛？

你可记得那一圈友人
围着“彭式”酒，低声交谈，
高脚酒杯沉默而严峻，
廉价的烟斗闪着火焰？

啊，那酒沸腾得多么美妙，
激流下的酒雾在飞扬！……
可是，我们突然听见了
老师远远的可怕声响……

---

* 本诗所叙述的事情发生在 1814 年 9 月 5 日，诗人和普希钦及马林诺夫斯基通过校内一个名叫弗马的职员得到了甜酒、蛋和糖而饮宴起来。此事为校方得知，甜酒立即没收，处罚三人在晚祷时下跪两星期，并记过。该职员弗马则被免职。

于是酒瓶一下子打碎，
酒杯都扔出了窗口——
地上到处都流得累累，
那是“彭式”和亮晶晶的酒。

我们立刻慌张地逃躲，
但这惊惧转眼就消散！
绯红面颊的快活的气色，
脑子和心都溜到嘴边，

还有单纯的欢乐的大笑，
暗淡而且发直的眼球，
啊，这把醉饮都做了密告：
巴克斯[1]的甜蜜的诅咒！

哦，我真挚的朋友们！
我要对你们发誓，每一年
在我恬适无忧的时辰，
我要饮酒把这事追念。

1 巴克斯，酒神名。

我的墓铭

这儿埋下了普希金；他一生快乐，
尽伴着年轻的缪斯、慵懒和爱神；
他没有做出好的事，不过老实说，
他从心眼里却是个好人。

玫　瑰[1]

我们的玫瑰花儿
哪里去了，我的友人？
啊，玫瑰早萎谢了，
朝霞所发的红润。
不要说吧：青春
也就是这样凋落。
不要说吧：这就是
我们生命的欢乐！
请为我转告玫瑰：
别了，我怜惜你！
然后再给我指出
百合花的幽居。

1　本诗按照古代的诗传统，以玫瑰象征爱情，以百合花象征坚贞。

“是的，我幸福过”[1]

是的，我幸福过；是的，我享受过了；
我陶醉于平静的喜悦、激动的热情……
但飞速的欢乐的日子哪里去了？
如此匆匆消逝了梦景，
欢情的美色已经枯凋，
在我四周，又落下无聊的沉郁暗影！……

给一位画家[2]

啊，美神和灵感之子，
请趁着火热心灵的氤氲，
以你多姿而潇洒的画笔
描绘出我心上的友人；

绘出那妩媚的纯真之美，
和希望的姣好的姿容，
还有圣洁的喜悦的微笑，
和美之精灵的眼睛。

环绕希比[3]的颀长的腰身

1 诗人和 E. 巴库妮娜相遇后，在日记上写下这首诗。
2 本诗是写给诗人同学 A. 伊里切夫斯基的，他在校中以善绘著称，所绘的是巴库妮娜的肖像，她为许多皇村学生所钟情。
3 希比，又译“赫柏”，古希腊神话中主宰青春的女神。

请系住维纳斯的腰带，
请将阿尔般[1]隐秘的珍宝
给我的公主周身佩戴。

请以薄纱的透明的波浪
遮上她那颤动的胸脯，
好让她暗暗地叹息，
她不愿意将心事透露。

请绘出羞怯的爱情之梦，
然后，充满了梦魂之思，
我将以幸福的恋人的手
在下面签写我的名字。

1 阿尔般，罗马北方已熄灭的火山。

一八一六年

梦

（片　段）

就让卖身的诗人焚香顶奉，
祈求幸福和人言吧；对于我，
世途是可畏的，我幽暗的一生
将在荒芜的小径无闻地度过。
尽管歌者以高歌入云的赞颂
向那些半人半神奉献永生，
我的声音是低回的，我的琴弦
不会大声扰乱这寂静的港湾。
尽管别人歌唱奥维德[1]的爱情，
但西色拉未曾给我以平静，
爱神没为我编织幸福的日子；
我只歌唱梦神无价的恩赐；
我只想教人怎样在静谧中
享受着恬适的、深沉的梦。

来吧，懒散！请来到我的乡居。
这儿的清凉和平静在召唤你；
我只把你看作是我的女神，
一切齐备，只等你，年轻的客人。
这儿一切安静；讨厌的音响

1　奥维德，纪元前 1 世纪的古罗马诗人，著有《爱的艺术》。

躲在我的门槛外；在明窗前
垂着透明的纱布，甚至在白天
幽暗的壁龛也由黑暗称王，
难得有不忠的日光偷袭。
这儿就是我的卧榻，我呼唤你：
来吧，到这儿来做我的女皇，
此刻我是你的俘虏，请教我，
把着我的手吧，这儿是彩色、
画笔和琴，一切都归你掌握。

而你们，我妩媚的缪斯的朋友，
你们抛开爱的枷锁，也厌烦
世上的权力；自然，你们只祈求
平静的梦；智者啊，你们会惊叹：
是为了你们，我把梦神的宝座
如今缠绕以诗歌的花环；
只为了你们，我唱着幸福的歌。
请带着宽容的笑倾听我吧，
倾听我的诗，这享乐的一课。
在自然指定的安逸的时刻里，
你们可愿意每逢这机会
在夜阑人静中，就忘我陶醉
在嬉笑的幻梦的怀抱里？
那就快去到乡下平静的屋檐，
到那儿去悠游自在地生活，
那儿真是乐园，和城市离远，

就不会有烦嚣把懒人折磨。
我承认，在城市，你可以整天
和美人儿追逐欢乐那幽灵，
在社交界炫耀，对手帕打呵欠，
在夜舞会的镶花地板上旋转，
但是，你可会尝到梦的欢欣？
夜影降临了——我只想睡觉，
我愿意被夜的幻影所蒙骗，
可是在窗前，却有灯光照耀，
那是一辆疯狂的四轮马车，
金色的轮子隆隆滚响而过，
载着“骄傲”在我的窗下飞跑。
我再睡下，但街路又在颤动，
是“娱乐”奔向厌腻的舞会……
我的天！难道人躺在这屋中
只为了整夜为失眠所撕碎？
马车又在响，而东方已经闪亮，
我的梦呢？是否顶好去到乡间？
在乡下，林中树叶簌簌地响，
草原上隐蔽的河水潺潺，
金色的田野和山谷的幽静——
一切都会使梦魂逐渐就范。
啊，甜蜜的、不受任何干扰的梦！
只有公鸡一旦被晨光唤醒，
也许会发出尖声的啼唤，
它是危险的——它可能扰乱。

因此，就让苏丹们以把母鸡
关在远远的后庭而自傲，
或者把农民都聚集在野地，
但亲爱的朋友，我们想睡觉。
这样的人百倍有福了，若是能
远离京都、马车和公鸡而入梦！
然而别以为，在平静的乡居，
你们不经任何劳动，就可以
白享受甜蜜而快乐的夜梦。
那怎么办呢？——动一动呀，先生！

慵懒虽可嘉，但凡事都有限度。
请看：克利特在枕席上变老，
他一生患病，萎靡而痛苦，
一生坐伴着关节炎和苦恼。
白天到了，不幸的人咳嗽一声，
叹口气，便从床上爬到沙发，
坐在那儿一整天，等暮色朦胧，
夜雾遮盖了光，向黑暗扩充，
克利特又从沙发爬到卧榻。
这不幸的人怎样度着一夜夜？
可是在平静的梦里，令人愉悦？
不！梦对他不是喜悦，而是痛苦。
梦神没有在他疲倦的眼皮
以沉重的手指撒下罂粟，
阴沉的夜是一串迟缓的时计

在可怜人的眼前向前推移。
我不想学良友别尔舒[1]来规劝，
要你们做一些重体力劳动，
如用锄头耕地，或打猎消遣。
不，我只想请懒人去到林中：
我的朋友，那儿清晨多么美好！
田野静悄悄，透过树丛的淡影，
新鲜的晨光闪得明朗而骄傲！
一切是明亮的，互相争胜：
流水在淙鸣，河岸静静地闪烁，
露珠还垂在嫩绿的茂草上，
金色的湖水没泛起一丝微波。
我的朋友，请拿起你的手杖，
去到林中，去到山谷里游荡，
爬到陡峭的山顶，筋疲力尽，
那你在长夜里必然梦深。

只要等夜影布满了天空，
就让那欢乐之神，人生的欣慰，
带着他那广阔、丰满的酒杯
来主宰吧：啊，酒神及其随从！
朋友，请和他适度地宴饮，
请把三杯冒泡的红酒斟满，

---

1 别尔舒（1765—1839），法国诗人，他有一篇诙谐长诗《美餐》，劝人从事体力劳动，如使用锄头、铁锹等，以增进食欲。

但可别教肥胖的饕餮之神
鼓着红面颊来叩你们的门。
我也欢迎他，但只是在午餐，
在正午，我爱选取他的赠品；
但在晚上，确实，我对他的邻居
有远远多于给他的友谊。
别吃晚餐——这是神圣的定律，
假如你最珍视飘忽的梦！
智慧的慵懒之子啊，请注意
安静是个会骗人的幽灵。
别做白日眠：啊，可悲，可悲的是
谁惯于在白日睡几个小时！
哪儿有恬静？不过深沉的无知。
真正的梦早已远远飞去了。
你不知快乐的梦的味道，
你的一生将是难忍的苦恼，
睡时厌腻，醒来时还是厌腻，
你的岁月将永远暗淡地流去。

然而，假如你能够露天睡觉，
在山下奔泻的泉涧之旁，
让迷人的梦，那疲劳的酬报，
在激流声中朝着山野飞翔，
它以朦胧的纱遮上你的眼，
终至以轻柔的手拥抱了你，
在软软的绿茵上把你荫庇——

啊，在喧响的水边入梦多么甜！
那就由你继续不断地安眠，
我只有羡慕幸运儿的福气。

有没有这种时候，在冬季，
当天气阴霾，暮色静静凝聚，
你独自坐在书室，没点蜡烛，
四周静悄悄，只除了白桦树
在轻响，你的窗前逐渐幽暗，
天花板上只有幽光在飘浮；
煤火闪烁着，淡蓝色的烟
好似雾气，旋卷着飞入烟囱；
就这样，梦神以隐秘的魔杖
把一切化入不真实的朦胧。
你的眼睛模糊了；在你手中
《天真汉》合起来，突然落在膝上，
你手摊在桌上，轻舒一口气，
头也从肩上垂落到胸前，
于是睡着了！平静掩盖着你，
意外的梦比许多梦都更安恬！

梦神我友啊，我长久的慰藉者，
精神之病痛的神妙的医生！
我愿意永远向你顶礼祀奉，
你早就给你的信士带来福泽。
我怎能忘记那美妙的时辰，

我怎能忘记那金色的时光，
当我隐蔽在一角，在黄昏，
呼唤着你，静静地等你来访？
我不爱自己絮叨个不完，
但我却爱把童年的回忆讲述。
啊，那是迷人而神秘的夜晚，
我的老妈妈，穿着旧时的衣服，
戴着寝帽，一面祷告驱逐精怪，
一面诚心地为我画十字祝福，
接着就低声地讲起故事来，
讲到死人和鲍瓦的业绩……
我吓得不敢动，也不敢出气，
只裹紧被盖，甚至感觉不到
哪儿是自己的头，自己的脚。
在神像下，那泥制的灯烛太弱，
仅仅能照出她那深皱的前额；
那珍贵的古董，曾祖的头壳，
和突出两颗牙的长大的颚，
——都给我带来不自主的心跳。
我战栗着——而终，倦慵的梦
不知不觉地落上我的眼睛。
那时啊，就有成群的幻象
展着翅，从青天飞临玫瑰榻上，
男的和女的精魅在飞翔，
以各种欺骗迷惑着我入梦。
我陶醉于断续的甜蜜的思想；

在森林里，在穆罗姆[1]的荒野中，
我遇见了勇猛的波尔甘们
和杜布伦尼亚们[2]；啊，年轻的心
就在这臆造之境里任意驰骋……

然而，无忧的夜啊，你已逝去，
我已经达到青春的年龄……
把阿尔比安的柔情的彩笔
拿给我吧，好教我把爱情的梦
描画一番。唉，这春梦已残断，
它才生于热情，又毁于热情中。
我醒了，还在寻视明朗的天，
但一切死寂；月亮遮进了云层，
在我周身只有深夜的暗影。
我的梦完了！悠游过巴纳斯的我
已不再在静夜里推敲韵律，
我早已不见彼加斯和菲伯，
也不再访问老缪斯的故居。

我不是英雄，不想追求荣誉；
我不想为它牺牲柔情和安逸，
夜晚的恶战并不令我动心；
我不是富豪——没有狗看门，
不会有吠声惊扰我适意的梦；

1 穆罗姆，俄国古代城名。
2 波尔甘和杜布伦尼亚，都是俄国民歌中的英雄，但时常用在反义语上。

我也不是恶徒，不至在梦里
苦苦看到血腥的阴魂而激动，
骇怕那由偏见而滋生的魔影；
啊，在可怕的深夜，苍白的“恐惧”
绝不会阴沉地在我脑海凝聚。

窗

不久以前，在薄暮的时刻，
当天空凄清的月光
在朦胧的幽径上流过，
我看见了一个姑娘
独自守在窗前，沉思郁郁；
秘密的惊惧使她的胸脯
呼吸紧促，她激动地
探望山冈下黑暗的小路。

“我在这儿！”有人低声叫。
于是这姑娘把窗户
悄悄地，颤巍地打开了……
月亮躲进了夜的帷幕。
“幸运儿！”我惆怅地想，
“那等待你的只有欢快。
等哪一天，快到晚上，
也有窗子能为我打开？”

秋天的早晨

一阵繁响；我孤寂的室中
充满了田野芦苇的萧萧，
我最后一场梦中的情景
带着恋人的丽影飞逝了。
夜影已经溜出了天空，
曙光上升，白涔涔地闪亮，
但我的周身却凄清、荒凉……
她已经去了……在那河边上
她常常在晴朗的黄昏徜徉；
啊，在那河边，在绿茵的草地，
我似乎看见心爱的姑娘
她美丽的脚所留下的痕迹。
我郁郁地踱进林中的幽径，
我念着我那天使的芳名；
我呼唤她——这凄凉的声音
只在遥远的空谷把她回荡。
我向小溪走去，充满梦想；
那溪水仍旧缓缓地流泻，
却不再波动那难忘的影像。
她已经去了！……唉，我得告别
幸福和心灵，在甜蜜的春光
到临以前。秋季以寒冷的手
剥光了白桦和菩提树的头，
它就在那枯谢的林中喧响；

在那里，黄叶日夜在飞旋，
一层白雾笼罩着寒冷的波浪，
还时时听到秋风啸过林间。
啊，我熟悉的山冈、树林和田野！
神圣的幽静的守护！我的欢欣
和相思的见证！我就要忘却
你们了……直到春天再度来临！

真　理

自古以来，智人就在寻索
那被湮没的真理的遗痕，
他们很久地、很久地解说
前人们的古老的议论。
他们认为："赤裸的真理
秘密地藏在井泉深处。"
他们快慰地饮一杯清水，
就叫道："我会把真理找出！"

可是，突然有谁（仿佛是
老头儿西林[1]）造福于人间，
他看出他们矜持的愚蠢，

1　西林，希腊神话中酒神的养父，是一个快乐的，喝得醉醺醺的老叟，头戴着花，骑着驴子到处走动。

清水和叫喊都使他厌倦；
于是，抛开了我们的猜谜，
他第一个想到了美酒，
他饮着，饮着，一滴不剩，
却看见真理在杯的里头[1]。

月　亮

你为何从云层里露面，
孤独的、凄清的月亮，
并且透过窗扉，把一片
暗淡的光辉照在枕上？
你以你的阴郁的面容
引动我悲哀的游思翱翔，
引来那不顾严刻的理性
怎样都难止息的欲望，
唉，爱情的无益的苦痛。
远远地飞去吧，以往！
安睡吧，不幸的爱情！
那样的夜晚不再来临：
你不再透过幽暗的夜幕
以你神秘而静谧的光
苍白地，苍白地照出

1　本诗基于一古代谚语“真理在酒中”，以及一个古老的故事：一个天文学家在观看星象时跌入井中，说“真理在井中”。

我的恋人的美丽的脸庞。
啊，情欲的激情怎能够比
那真正的幸福和爱情
给予的秘密的美的慰藉？
你能不能飞回来，欢情？
时光啊，那欢欣的寸阴
为什么如此飞快地掠过？
而轻浮的梦影疏落了，
不料朝霞竟把它吞没？
月亮啊，为什么你溜去了，
消隐在那明亮的天际？
为什么曙光无情地闪耀？
何以我和她竟然分离？

恋人的话

我听丽拉对钢琴弹奏；
她那美妙缠绵的歌声
使人感到悒郁的温柔，
有如夜晚轻风的飘动。
泪水不禁从眼眶落下；
我告诉可爱的歌唱家：
“你悒郁的歌声是迷人的，
可是，我的恋人的一句话
比丽拉的情歌更有魅力。”

心　愿

我的日子迟缓地滞重地流着，
每过一刻，在我沉郁的心上
那不幸的爱情的悲哀就更增多，
并且勾起了种种疯狂的幻想。
但我沉默着，谁也听不见我的怨诉；
我暗中流泪，泪就是我的慰安。
我的心被断肠的思念所俘获，
但在眼泪里，它却有酸心的快感。
哦，生命的时刻！飞吧，我毫不留恋，
飞吧，虚空的幻影，向黑暗里沉没；
我所珍贵的是这爱情的折磨——
即使折磨死，也让我死于爱的缠绵。

给友人

啊，上天还会赐予你们
金色的白天，金色的夜晚，
而倦慵女儿痴情的眼睛
也将在你们的身上眷恋。
嬉笑吧，歌唱吧，朋友！
快享受你们短促的良宵；
看你们这样欢乐无忧，
我只有含着眼泪微笑。

祝饮之杯

琥珀的酒杯
早已经斟满，
沸腾的气泡
在闪烁，迸溅。
遍观全世界，
它最称心愿，
可是要为谁
把这酒饮干？

为荣誉畅饮？
那不会是我，
战争的嬉戏
跟我不投合。
那一种消遣
不使人欢乐，
友谊的酩酊：
战鼓响不得。
天庭的子民，
菲伯的使徒，
歌者们，饮吧，
为诗神祝福！
嬉笑的缪斯
来抚爱——可叹！
灵感的泉流

水一般清淡。

为青春而饮，
为爱的欢乐——
可是，孩子们
青春就隐没……
琥珀的酒杯
早已经斟满，
我呀，感谢酒，
为酒而饮干。

一八一七年

给同学们*

幽居的年代飞逝了；
和睦的朋友，我们再也
不会有许多日子看到
这幽居和皇村的田野。
别离就在眼前，人世的
遥远的喧声向我们招呼；
每人望着前面的道路，
不禁激动于骄傲的
青春的梦想。有的把头脑
藏在军帽下，穿上军衣，
已经挥舞着骠骑军刀——
在主显节期的检阅中，
被早晨的寒气冻得通红，
骑马巡哨又全身发烧；
有的生来该居显要，
不爱正直，而爱头衔，
要在著名骗子的外厅间
充当一名恭顺的骗徒；
只有我，听从命运的摆布，
把自己交给快乐的慵懒，
满心淡漠的，毫无所谓，
我在一边悄悄打瞌睡……

---

* 本诗为诗人在皇村中学毕业前所作。

对于我，骑兵、文书都一样，
法律、军帽，也不计较，
我不拼命地想当队长，
八级文官，又有什么好；
朋友们，请稍稍宽容——
请让我戴着红色的尖帽[1]，
只要我不是罪孽深重
必须用钢盔把它换掉；
只要懒惰的人能够
不招来可怕的灾害，
我仍旧将以随意的手
在七月里把胸襟敞开[2]。

别　离[*]

最后一次了，在幽静的庭荫，
我们的家神听着我的诗歌。
中学生活的亲密的弟兄啊，
让我们共享这最后的一刻。
团聚的夏天匆匆逝去；
就要分散了，我们忠实的集团。

---

1 在古代，红色尖帽为被解放的奴隶所戴。法国大革命时，雅各宾派人以红帽为自由的象征。
2 当时俄国军规，严禁军人在任何情形下敞开军服。
* 本诗是诗人中学毕业时写给同学和好友久赫里别克尔的，后者也有诗给他。本诗倒数第三行“忠于神圣的友谊”曾被反动派用作攻击普希金的借口，说由此可见他有了秘密结社云云。

再见吧！上天保佑你，
亲爱的朋友；我祝愿
你跟自由和菲伯永不分离！
你将体验我所不知的爱情——
它将充满着希望、欢乐和激动，
你的日子将梦一般地飞逝去，
而且飞逝在幸福的静谧中！
再见吧！无论我在哪里；无论是处于
沙场的战火，或故乡平静的溪岸，
我都会忠于神圣的友谊。
这就是我的祷告（命运可会听见？）：
祝你所有的朋友活得快乐、如意。

梦　景

不久以前，我沉迷于一个美梦，
我梦见自己头戴冠冕，成了皇帝；
我梦见我在爱着你——
我的心欢乐地跳动，
并在你脚前把爱情热烈地倾诉。
唉，美梦！你为什么不延长那幸福？
但如今，上天并没有把一切剥夺：
我丢失的——只是那帝国。

自由颂*

去吧，从我的眼前滚开，
柔弱的西色拉岛的皇后！
你在哪里？对帝王的惊雷，
啊，你骄傲的自由的歌手？
来吧，把我的桂冠扯去，
把娇弱无力的竖琴打破……
我要给世人歌唱自由，
我要打击皇位上的罪恶。

请给我指出那个辉煌的
高卢人[1]的高贵的足迹，
你使他唱出勇敢的赞歌，
面对光荣的苦难而不惧。
战栗吧！世间的专制暴君，
无常的命运暂时的宠幸！
而你们，匍匐着的奴隶，
听啊，振奋起来，觉醒！
唉，无论我向哪里望去——
到处是皮鞭，到处是铁掌，
对于法理的致命的侮辱，

---

* 本诗在诗人生时以手抄本流行（全部发表在 1905 年）。沙皇政府得到它的抄本后，以此为主要罪名将诗人流放南方。本诗写作于 Н. И. 屠格涅夫兄弟的居室中，从这间屋子可以望见米海洛夫斯基王宫，暴君巴维尔一世于 1801 年 3 月被害于此。

1 一说指法国革命诗人雷勃伦（1729—1807），一说指安德烈・谢尼埃（1762—1794），法国革命中牺牲的诗人。

奴隶软弱的泪水汪洋；
到处都是不义的权力
在偏见的浓密的幽暗中
登了位——靠奴役的天才，
和对光荣的害人的热情。

要想看到帝王的头上
没有人民的痛苦压积，
那只有当神圣的自由
和强大的法理结合一起；
只有当法理以坚强的盾
保护一切人，它的利剑
被忠实的公民的手紧握，
挥过平等的头上，毫无情面；

只有当正义的手把罪恶
从它的高位向下挥击，
这只手啊，它不肯为了贪婪
或者畏惧，而稍稍姑息。
当权者啊！是法理，不是上天
给了你们冠冕和皇位，
你们虽然高居于人民之上，
但该受永恒的法理支配。

啊，不幸，那是民族的不幸，
若是让法理不慎地瞌睡；

若是无论人民或帝王
能把法理玩弄于股掌内！
关于这，我要请你做证，
哦，显赫的过错的殉难者[1]，
在不久以前的风暴里，
你帝王的头为祖先而跌落。

在无言的后代的见证下[2]，
路易昂扬地升向死亡，
他把黜免了皇冠的头
垂放在背信的血腥刑台上；
法理沉默了——人们沉默了，
罪恶的斧头降落了……
于是，在戴枷锁的高卢人身上
覆下了恶徒的紫袍[3]。

我憎恨你和你的皇座，
专制的暴君和魔王！
我带着残忍的高兴看着
你的覆灭，你子孙的死亡。
人人会在你的额上
读到人民的诅咒的印记，

1 指法王路易十六。普希金认为他的受刑，乃是他的祖先所犯过错的报应。
2 这以下的六行指革命者不合法理地处死了一个已被废黜的国王。法理沉默了，因而导致拿破仑的统治。
3 指拿破仑的王袍。

你是世上对神的责备，
自然的耻辱，人间的瘟疫。

当午夜的天空的星星
在幽暗的涅瓦河上闪烁，
而无忧的头被平和的梦
压得沉重，静静地睡着，
沉思的歌者却在凝视
一个暴君的荒芜的遗迹，
一个久已弃置的宫殿[1]
在雾色里狰狞地安息。

他还听见，在可怕的宫墙后，
克里奥[2]的令人心悸的宣判，
卡里古拉[3]的临终的一刻
在他眼前清晰地呈现。
他还看见：披着肩绶和勋章，
一群诡秘的刽子手走过去，
被酒和恶意灌得醉醺醺，
满脸是骄横，心里是恐惧。
不忠的警卫沉默不语，
高悬的吊桥静静落下来，
在幽暗的夜里，两扇宫门

---

1 指米海洛夫斯基宫。
2 克里奥，又译“克利俄”，古希腊神话中九位缪斯女神之一，司历史。
3 卡里古拉是纪元后 1 世纪的罗马皇帝，以残暴著称，为近臣所杀。

被收买的内奸悄悄打开……
噢，可耻！我们时代的暴行！
像野兽，欢跃着土耳其士兵[1]！……
不荣耀的一击降落了……
戴王冠的恶徒死于非命[2]。

接受这个教训吧，帝王们：
今天，无论是刑罚，是褒奖，
是血腥的囚牢，还是神坛，
全不能做你们真正的屏障；
请在法理可靠的荫庇下
首先把你们的头低垂，
如是，人民的自由和安宁
才是皇座的永远的守卫。

---

1 东方君主常以土耳其人的步兵队作为自己的近卫军，这种军队在宫廷叛变中常常起着不小的作用。
2 指巴维尔一世被杀。

一八一八年

“几时你能再握这只手”*

几时你能再握这只手？
它把这美神的《圣经》[1]
为了排遣旅途的无聊，
给了你，作为临别的馈赠。
这本书是在西色拉岛
从青春戏谑的档案中
被爱神找到的。请用它
以笃信宗教的虔诚，
向你的维纳斯祷告吧。
再见了，伊壁鸠鲁[2]的信徒！
愿你永远是现在这样：
向幽暗的阿尔比安[3]飞翔！
愿忠实的爱神和基督
也护佑你在那异邦！
请把家神带到外国，
但是，当你回忆到往昔，
可别忘了多情的受难者，
你那并非“少女”的兄弟！

---

* 本诗为 Н. И. 克利夫左夫（1791—1843）赴伦敦而作。
1 指伏尔泰的《奥里昂的少女》。普希金以此书赠别。
2 伊壁鸠鲁，古希腊哲学家，主张享受现世的生活。
3 阿尔比安，英国古称。

给梦幻者

你在悲哀的恋情上找到了乐趣，
你喜欢热泪的迸流；
你以幻想的火焰白白折磨自己，
你爱在深心里怀着悄悄的哀愁。
但你不是在爱，怯生的梦幻者。
相信吧，如果爱之疯狂的热情
占有了你，啊，哀情的寻求者，
它的整个毒焰会在你血里奔腾，
你会在漫漫的长夜里不能成眠，
只躺在床上，心被相思割得寸断；
你虽想唤来骗人的平静，
却枉然闭着悲伤的眼睛，
你啜泣地拥裹着炙热的被单，
又以无益的欲火把眼泪烘干——
相信吧，那时你才不算
培养着毫无成果的梦幻！
对了，那时你会含泪跪在
你骄傲的恋人的脚前，
苍白的，颤抖而且发呆，
那时你会对着天呼喊：
“天啊，请蒙蔽住我的理性，
从我拿开这致命的倩影，
我爱得够了，我需要静谧……”
但伤心的爱情和难忘的倩影

却一生一世折磨着你。

童　话*

——圣诞节之歌——

乌拉！快马加鞭回来了
俄罗斯的游荡的暴君。[1]
基督在悲痛地哭号，
接着是全国的人民。
圣母马利亚忙着把基督恐吓：
“别哭啦，孩子，别哭啦，我主，
这是妖魔呀——俄国的君主！”
沙皇走进来，宣告说：

“听着，俄罗斯的臣属，
现在，全世界无人不知：
普、奥两军的双料制服[2]
我已经给自己缝制。
庆幸吧，子民：我饱满，肥胖，愉健，

* 当时本诗以手抄稿流传。讽刺的对象是俄皇亚历山大一世。亚历山大在1818年3月15日波兰议会开幕时，做了一篇立宪演说，允诺将在俄国推行立宪政体。同年10月，又和奥地利皇帝及普鲁士国王发表宣言，声称要维护现存秩序。他于12月22日回到皇村，本诗约成于该时。

1 在拿破仑失败和反动的“神圣同盟”成立以后，亚历山大时常在国外活动。

2 奥地利皇帝曾经尊称亚历山大为奥军和普军的统帅。

报界到处唱我的赞歌，
我又吃，又喝，又允诺，
虽然不管能不能兑现。

再听我附带说一句
我将要做些什么改善：
我要把拉夫洛夫[1]免职，
把索兹[2]送到精神病院；
我要用法律代替高尔葛里[3]的统治，
我要给人以人的权利，
这完全是出于我的善意，
凭着我沙皇的仁慈。”

小孩子在床上听完了，
高兴得跳来跳去，
“妈妈，这是不是开玩笑？
难道竟是真的？真的？”
妈妈回答说：“哦，睡吧，快闭眼吧，
这早该是安歇的时光；
嗯，是啊，听听我们父皇
给你讲着多美丽的童话。”

1 拉夫洛夫是警察总署执行处处长。
2 索兹是警察总署检查委员会俄罗斯部秘书。
3 高尔葛里是彼得堡的警察总监。

致恰达耶夫[1]

爱情、希望、平静的荣誉
都曾骗过我们一阵痴情，
去了，去了，啊，青春的欢愉，
像梦，像朝雾似的无影无踪；
然而，我们还有一个意愿
在心里燃烧：专制的迫害
正笼罩着头顶，我们都在
迫切地倾听着祖国的呼唤。
我们不安地为希望所折磨，
切盼着神圣的自由的来临，
就像是一个年轻的恋人
等待他的真情约会的一刻。
朋友啊！趁我们为自由沸腾，
趁这颗正直的心还在蓬勃，
让我们倾注这整个心灵，
以它美丽的火焰献给祖国！
同志啊，相信吧：幸福的星
就要升起，放射迷人的光芒，
俄罗斯会从睡梦中跃起，
而在专制政体的废墟上
我们的名字将被人铭记！

---

1 本诗以手抄本流行，在十二月党人中起过鼓舞作用，是诗人最流行的作品之一。П. Я. 恰达耶夫（1794—1856），普希金的好友和作家，1821 年以前任御前近卫军军官。1836 年发表《哲学书简》，被沙皇尼古拉送进精神病院。他是俄国 19 世纪初叶有进步哲学观点和政治思想的人中的代表人物。

一八一九年

多丽达

我喜欢多丽达的金色的发卷，
她苍白的脸和蔚蓝的眼睛。
昨夜，我辞别了朋友们的筵宴，
在她的拥抱里，我全心吸取欢情，
我沉没于一浪接一浪的热潮，
欲望的火才熄灭，又紧跟着燃烧；
我融化了；然而在不忠实的黑暗里，
我看见了另一个可爱的面影，
于是我心上充满了秘密的忧郁，
我的嘴唇低低念出了别的姓名。

乡　村*

祝福你，荒远僻野的一角，
闲适，工作和寄兴的所在，
是在这里，我的日子悄悄流去了，
沉湎于快乐和遗忘的襟怀。
我是你的，我已抛弃了豪华的宴饮、
虚妄的游乐、女人的声色的迷宫，

---

* 本诗在米海洛夫斯克村中写成。诗人在这首诗里表现了必须取消农奴制的信心。亚历山大一世听到这首诗以手抄本流行后，便令瓦西里契科夫公爵为他取到这首诗。公爵的秘书是普希金的友人恰达耶夫，普希金便通过他将这首诗转交沙皇。这时期亚历山大正在高谈改革，还没有理由从本诗中寻找借口来处罚诗人，因此便答以“谢谢普希金，为了他在这诗中表达的善良的感情”。

只为了田野的静谧，树林和谐的乐音，
为了自由的安闲，最宜于幻想的驰骋。

我是你的：我爱这一座花园
幽深，清凉，各样的野花开遍，
我爱这广阔的绿野，洋溢着禾堆的清香，
一些明澈的小溪在树丛里潺潺喧响。
无论放眼哪里，我都会看见生动的画面：
这里是两片湖水，平静无波，
在碧蓝的水上，偶尔闪过渔船的白帆，
湖后是起伏的丘陵，一条条庄田，
远处散布着稀疏的农舍。
在潮湿的湖岸，成群的牛羊正在游荡，
谷场冒着轻烟，半空旋转着磨坊的风车，
啊，到处是劳作和富裕的景象。

我住在这里，摆脱了世俗的束缚，
我学会了在真理中去探寻快乐，
我以自由的心灵崇拜自然的规律，
我不再聆听蒙昧的世人的窃窃私议，
我会以同情回答羞怯的心灵的倾诉，
而不再羡慕恶徒或者蠢驴，
尽管他们怎样以不义而飞扬跋扈。

古代的先知啊，是在这里我向你们请教！
在这里，我的居处庄严而僻静，

你们慰人的高曲更清晰而美妙，
它驱散了我悒郁而慵懒的梦，
它燃起了我的工作的热情，
啊，你们种种卓绝的思想
也正在我心灵的深处滋长。

然而，一个阴沉的思想却令人不宁。
在富庶的田野和丘陵间
谁关心人类命运能不悲悯地看见
到处是愚昧的令人痛心的情景。
这里有野蛮的地主
一不守法，二无感情，仿佛命中注定
他们该是人们的灾星，
对于眼泪和哀求一概不顾，
只顾用强制的鞭子把农民的财产、
劳力和时间，都逼到自己的掌握。
这里的奴隶听从无情的老爷的皮鞭，
伛偻在别人的犁上，被牵着绳索，
瘦弱不堪地苟延残喘。
这里，一切人毕生是负着重轭的马牛，
没有希望，谈不到一点心灵的追求，
这里，就是青春少女的娇艳
也只供无情地摧残。
父亲一代衰老了，就由下一代儿子
那可喜的梁柱和劳动能手来接替，
他们从祖先的茅屋不断地繁殖

成群的家仆，那些受折磨的奴隶。
噢，但愿我的歌能把人的心弦打动！
激情在我胸中燃烧，但又有何益？
为什么上天不给我滔滔雄辩的才能？
噢，我的朋友！是否有一天，我会看见
沙皇点点头，使人民不再受奴役？
我能否在我们的国土上看见
开明和自由的美丽曙光终于升起？

独　处*

住在僻静的庭荫的人有福了，
他远离了吹毛求疵的无知之辈，
他把日子分配给悠闲和辛劳，
有时回忆，有时在希望中陶醉；
命运给了他一些知心的友好，
使他避开了（谢谢老天的慈悲！）
无论是令人恹恹欲睡的愚夫，
还是那激怒人的无耻之徒。

---

* 本诗是法国诗人阿尔诺的《孤独》一诗的翻译。

欢快的筵席

我爱那夜晚的宴饮：
“欢乐”是座中的主席，
而“自由”，我崇拜的神，
它制定桌上的法律。
直到天亮，“干杯！”这句话
淹没了呼啸和歌吟，
座客的圈子渐渐扩大，
酒瓶的小圈越排越紧。

“在附近山谷后”

在附近山谷后的小树林，
明亮的溪水流得正欢欣，
我听见了年轻人艾得温
和阿琳娜告别的最后一吻。

月亮上升，她坐在那儿不动，
她的胸脯呼吸得好沉重，
早霞出现，阿琳娜透过白雾
还是望着人迹空去的路。

邻村的牧童时常看到她
在溪边，在告别的垂柳下，

当他吹着忧郁的风笛
呼唤日午的羊群去到小溪。

多年过去了——又一年已过半，
艾得温来了，我远远望见
他忧郁地走向谷后的树林，
明亮的溪水流得正欢欣。

艾得温看见有一个僧人
站在他告别恋人的柳树荫，
一个新坟上竖着十字架，
上面冠戴着枯萎的玫瑰花。

他的心突然紧张，充满惊悸。
是谁埋在这儿？他看着碑记。
他垂下头……栽倒在僧人脚前，
我听见了他最后一声哀怨。

柏拉图主义*

我知道，丽金卡，我的朋友，
是向谁，你把你的空闲
寄托于甜蜜的淡淡哀愁；

* 本诗是法国诗人巴尼的一首诗《西色拉的一瞥》的意译。“柏拉图主义”指精神恋爱。

悄悄避着疑心的女伴，
我知道，你是在把谁祀奉。
那淘气而飘飞的神童
虽然会迷人，却把你吓坏，
而希门[1]的冰冷的慎重
也使你感到难以忍耐。
于是，听从自己的宿命，
你膜拜着另一个上帝；
温柔的热情访问你
是通过一条荒僻的途径。
我理解你眼中微弱的火焰，
我理解你那半隐蔽的顾盼、
苍白的面颊、倦慵的举止……
你的上帝不把整个欢欣
奖励给膜拜他的信士，
只有年轻而怯生的“谦谨”
才珍重他那神圣的恩赐；
他爱的是幻想的梦，
他能忍受门扉的闭锁，
他亲昵着羞怯的欢乐，
他爱爱情，但只在孤独中。
当你在幽暗的深夜里
为郁郁的失眠所折磨，
他就会以秘密的神力

1 希门，又译“许门”，是希腊神话中的婚礼之神。

使你朦胧的幻想复活；
他会和可怜的丽达一起
柔情地叹息，并以手轻轻
挥去维纳斯感召的梦魅
和甜蜜的少女的平静。
唉，你想以独处的陶醉
欺骗爱情，那岂不徒然！
在自娱中，你又相思，忧烦……
爱神怎能够看不见
这是没献给他的心田？
你的姿色会似玫瑰枯凋，
青春的韶光飞快地奔跑。
难道我的恳求都归枉然？
且请忘记这梦呓的冒犯：
你并不能够永远美丽，
何况你的美也不为自己。

再　生*

粗笨的艺匠以昏盹的笔触
把一幅天才的图画涂污，

* 在冬宫的艾尔米塔什博物馆中有拉斐尔的名画《神圣的家庭》，关于这幅画记载说，曾有某个拙劣的画师想把这幅画整顿一新，在它上面重新着色，但画笔不能一致，于是索性在那上面改画起来，以致拉斐尔的笔触完全被遮盖不见了。后来这幅画被人购去，将表面颜料洗去，拉斐尔的原作鲜明地呈现了出来，因为有表面涂上的颜料的保护，反而免于年代的风蚀。本诗可能是诗人在见到这幅画后有感而作。

他自己的毫无规律的画
就在原画上胡乱地描出。

随着年代，格格不入的彩色
像衰枯的鳞片一样剥落，
于是，对我们，天才的作品
就呈现出原来的光泽。

同样地，我的虚妄无知
也随着痛苦的心灵消失，
立刻，新的幻影浮现出了
那最初的，纯洁的往日。

“一切是幻影”

一切是幻影、虚妄，
一切是污秽和垃圾；
只有酒杯和美色——
这才是生活的乐趣。

爱情和美酒，
我们同样需求；
若没有它们，人
一生都打欠伸。

我得再添上疏懒，
疏懒和它们一道；
我向它颂扬爱情，
它给我把酒倾倒。

一八二〇年

“我性喜战斗”

我性喜战斗——我爱刀剑的振鸣，
从幼小时，我就向往战场的美名。
我爱战争的流血的嬉戏，而死亡
我是不怕的；我亲昵着死的冥想。
在花一般的年龄，谁要是为自由
做忠实的战士，而不预见死在前头，
那么，他就没有尝到充分的欢欣，
他也不值得美丽的女人的爱吻。

“白昼的明灯熄灭了”

白昼的明灯熄灭了，
黄昏的雾气笼罩在蔚蓝的海上。
喧响吧，喧响吧，顺风的帆，
在我的脚下汹涌吧，沉郁的海洋。
我回顾那远去的海岸，
那令人陶醉的南方大陆的边沿，
我激动地、悒郁地向那里恋恋望去，
沉湎于无限的回忆……
我感到：我的眼睛又涌出了泪珠，
心在沸腾，像要被噎住；
熟稔的梦尽在我的头上团团飞旋，
使我想起以往岁月的热狂的恋情，

我心爱的一切和一切给我的苦痛，
啊，那些心愿和希冀的苦恼的欺骗……
喧响吧，喧响吧，顺风的帆，
在我的脚下汹涌吧，沉郁的海洋。
飞吧，海船，任随这喜怒无常的大海的
可怕的任性，把我带到遥远的地方；
只要能离开那雾色笼罩的
祖国的忧郁的海岸，
啊，是在那里，火热的情欲
第一次把我的感情点燃；
是在那里，温柔的缪斯对我秘密地微笑，
而我的青春还未鲜艳
就遇到了过早的风暴；
是在那里，薄情的欢乐展开轻盈的翅膀，
留下了一颗冰冷的心，在痛苦里彷徨。
为了去寻找新鲜的感应，
我逃开了你，祖国的土地。
我逃开了你们，享乐惯的人，
我飘忽的青春所缔结的飘忽的友谊；
还有你们，在荒唐的迷途中知心的女友，
我没有给你们爱情，却为你们牺牲了
我的平静、荣誉、心灵和自由；
还有你们：让我遗忘吧，负心的姑娘，
啊，我金色的春天里密结的侣伴，
让我遗忘吧……然而，那过去的灵魂的创伤，
那爱情的深刻的创伤，却仍旧留在心上……

喧响吧，喧响吧，顺风的帆，
在我的脚下汹涌吧，沉郁的海洋……

黑色的披肩

呆痴地，我望着黑色的披肩，
悲哀啮咬着我冰冷的心坎。

从前，我年轻，有一颗轻信的心，
我热爱一个妙龄的希腊女人。

这迷人的少女对我异常恩爱，
然而，黑色的日子很快地到来。

有一次，我正聚会欢笑的宾客，
一个可憎的犹太人跑来找我；

“你和朋友（他低语）还在这里宴饮，
你的希腊姑娘可对你变了心。”

我诅咒他，给了他一些黄金，
而且呼唤来我忠实的仆人。

我们出来；我骑着快马驰奔，
温情和怜惜都默默地消隐。

我还没看到希腊少女家的门槛，
眼前便已发黑，全身软瘫……

我独自闯进了她幽深的闺房……
那阿尔米亚人正吻着希腊女郎。

我一阵晕眩；刀当啷一击……
那恶棍要中断接吻也来不及。

我久久地践踏着无头的死尸，
并且对苍白的少女默默凝视。

我记得那哀求……那血往外涌……
从此死了少女，也消失了爱情！

我从她头上取下了黑色的披肩，
我无言地用它拭干血染的剑。

我的奴仆在夜色昏黑的时候，
把两具尸身投进多瑙河的急流。

从那时起，我没吻过迷人的眼睛，
从那时起，我没尝过夜晚的欢情。

呆痴地，我望着黑色的披肩，
悲哀啮咬着我冰冷的心坎。

警　句*

难道骂人不使你厌烦？
我和你这笔账很清楚：
好吧，就算我游手好闲，
你却是个好事的废物。

海的女神

在曙光下，当碧波的浪花在扑吻
塔弗利达[1]，我看见了海的女神。
我躲在树木间，呼吸都不敢出声，
只见这下凡女神的年轻的酥胸
洁白如天鹅，涌出于明亮的水雾，
我见她把泡沫之流从头发挤出。

“成卷的白云”[2]

成卷的白云飞驰，裂开了碧空，
悒郁的星啊，黄昏的金星！

---

* 题名是译者加的。所指的人不详。

1 塔弗利达，克里姆半岛北部的古称。

2 本诗写于基辅省达维多夫的田庄卡敏卡，它处于佳斯敏河边，前六行写的是这里的景色。诗人所忆起的“温煦国度”是南方的克里姆，他所忆念的姑娘是凯瑟琳·拉耶夫斯卡娅，她喜欢向人指出“自己的星星”的升起。

你把银辉洒上了枯萎的平原、
幽黑的山岩和沉睡的河湾。
我爱你在天穹的微弱的光，
它唤起了我久已沉睡的思想。
我记得，熟悉的星啊，看你升起
在那一切怡人的温煦国度里，
那儿，谷中立着颀长的白杨，
睡着阴郁的柏树，温柔的桃金娘，
而南方的海波在快乐地喧响。
在那山间，我曾怀着珍爱的思想
对着大海，把时光懒懒消磨，
当夜的暗影悄悄爬进村舍——
年轻的姑娘正在幽暗中找你，
她用自己的名字呼叫着伴侣[1]。

---

1 指星星。

一八一七～一八二〇年

忠　告

来呀，我们且饮酒作乐，
我们且和生活尽情游戏，
盲目的世人扰扰攘攘，
那些痴人何必去模拟。
且让我们飘忽的青春
在奢靡和美酒中浸沉，
让负心的欢乐也可以
对我们笑笑，哪怕在梦里。
等青春的轻飘的烟雾
把少年的欢乐袅袅曳去，
那么到老了，我们就取得
一切能从它吸取的东西。

一八二一年

陆地和海洋*

每当柔和的西风飘掠过
蔚蓝的海洋，轻轻吹着
骄傲的大船远行的船帆，
又把小船爱抚于浪波；
那时啊，我更乐得疏懒，
便放下忧愁多思的重载，
而且忘了缪斯的歌唱：
悠悠的海吟对我更可爱。
可是，每逢海滨的波浪
飞溅着泡沫，咆哮，喧腾，
雷在天空轰响，在幽暗中
电光闪烁，我就离开大海，
走进那和蔼可亲的树林；
我会觉得陆地更可信赖，
并且怜悯艰苦的渔人：
他的小船是那么不牢固，
仿佛盲目的深渊的玩物。
而我呢，在安全的静谧中，
倾听着谷里溪水的淙鸣。

* 这首诗是纪元前 2 世纪希腊诗人莫斯哈的一首诗的意译。

缪　斯[1]

我幼小的时候，很讨她的欢喜，
她给了我一支七支管的芦笛。
她微笑地听着我吹奏——轻轻地
接着笛管的抑扬顿挫的洞隙，
我已经会用我的柔弱的手指
奏出为神启示的庄严的赞诗
和弗里吉亚[2]的牧人安详的歌曲。
从清晨到黄昏，在橡树的阴影里，
我殷殷聆听这隐秘女神的教益，
而且，为了偶一奖励，使我欢喜，
她也有时候从她妩媚的额际
撩开鬈发，把芦笛从我手里接去。
那时啊，笛管就充满了神的呼吸
发出圣洁的声音，使心灵沉迷。

“我耗尽了我自己的愿望”

我耗尽了我自己的愿望，
我不再爱它，梦想也消失，
只有痛苦还留在心上：

1　希腊神话中有九个缪斯，是掌管诗歌、艺术、历史、科学等不同部门的女神。这里缪斯是指诗神。
2　弗里吉亚是小亚细亚中部的古称。

那内心的空虚之果实。

在残酷的命运的风暴里
我鲜艳的花冠已经凋零，
我过得孤独而且忧郁，
我等着：是否已了此一生？

就好像当初冬凛冽的风
飞旋，呼啸，在枯丫的树梢头
孤独的——感于迟暮的寒冷，
一片弥留的叶子在颤抖……

战　争*

啊，战争！终于升起了旗帜，
光荣之战的旗帜呼啦啦飘扬！
我将看见血，我将看见复仇的节日，
致命的子弹在我四周嗖嗖地响。
有多少强烈的印象
等待我渴望的心灵！
那狂暴的义勇队的攻击，
军营的警号，刀剑的振鸣，
还有杀气腾腾的战火里

---

* 希腊人民反抗土耳其的战争爆发后，传说俄国将声援希腊参战，本诗因此而作。

将领和部卒的壮烈牺牲！
啊，这许多高歌的主题
会把我沉睡的诗灵唤醒，
——一切对我将是新鲜的：简陋的帐篷，
敌人的营火，他们异邦口音的呼喊，
黄昏的战鼓，炮弹的嚎叫，炮声的轰隆，
还有可怕的死的预感。
啊，那杀人的渴望，英雄的残暴的烈火，
对荣誉的盲目热情：是否会附上我？
是否那双重的花冠将落在我的份上，
或是战神给我判定了幽暗的收场？
那么，一切将随我死去：青春的希望，
诗思的枉然的激动，心灵的神圣火焰，
崇高的追求，对兄弟和友人的怀念，
还有你，你，爱情！……唉，难道战争的喧嚷、
战斗的辛劳、骄傲的荣誉的絮语，
全不能淹没那经常烦扰我的思想？
啊，我中了恶毒，顿觉无力：
平静离开了我，我对自己失去了控制；
沉重的慵懒闷住我的心胸……
那战争的恐怖为什么这样姗姗来迟？
为什么还没有火热的初次交锋？

咏我的墨水瓶

奇思怪想的伴侣啊，
我的墨水瓶，
多谢你点缀和美化
我变幻多端的一生。
多少回，欢乐的爱好者
因为和你相对，
而忘了约定的时刻：
那醉饮和快乐的酒杯；
每当我闷闷不乐
坐在朴素的门庭内，
你总是和我相伴，
还有一盏灯，一团梦幻——
一旦为灵感充斥，
我便急急趋就你，
并且呼唤着缪斯
来享受幻想的筵席。
透明而轻飘的烟
在你的上方盘旋，
在那烟雾中，轻颤地
迅速更替……[1]
啊，我的一切珍宝
就藏在你的瓶底。

1　这里残缺了约四十行。

我把你奉献给了
悠闲时刻的写作，
而懒散，你的友伴，
因此不再和我为难。
默默无闻的隐者，
因为你而得以成功，
必是天庭的神火
藏在你神圣的水晶中。
在晚间，当我的笔
在写作本上游荡，
它不费倦人的力气
就在你的墨水上
找到我的诗的起讫
和表现的真实。
有时是声音或文字
会从那里意外流泻，
有时是刻毒的戏谑，
有时是真理的严峻文体，
或是未之前闻的
奇异而新颖的韵律。
我给蠢材剥下外衣，
就用你的墨水
把酷评家和无知之辈
快乐地给涂黑……
但无论愤怒暗吐唾液，
或是诽谤的毒水

都不能把他们溶解。
而对单纯的心灵
无论以背叛，以阿谀，
你都不会给涂黑。

但在这儿，溺于慵懒，
我听到了友人
多虑而温和的怨言……
啊，心灵的友人们，
我怎能把他们忘怀，
不再对他们忠实？
那就快抛开，快抛开
我经常盘算的心事，
抛开抑扬格、扬抑格，
来写散文的书简。
把冷寂无聊的时刻，
我永远做不完的梦幻，
心灵的空虚，分离的忧伤，
我的情思和希望
毫不夸张和粉饰地
通通写在纸上……
用我随意的絮语，
既轻松而又温情，
去慰解他们的心灵……

当我，无忧的自然之子，
已将金色的日子

在忘情中度过，
请不要和我分离，
快乐地生活吧，
墨水瓶，我的知己。

等那阴界的彼岸
永远把我带去，
等这支笔，我的慰安，
永远睡下和安息，
而你凄凉、寂寞，
空守着一个角落，
并且要永远放弃
诗人平静的住所；
恰达耶夫，我的好友，
将悒郁地把你收留；
那时啊，你将成了
我对昔日的友好
最后的问候。
你将在他的两幅画间
待下来，空虚而干涸，
永远默默无言
装饰着他的壁炉。
你将不至吸引
挑剔的世人的眼睛，
却会把忠实的诗人
向他的朋友们提醒。

“我的朋友，我已经忘了逝去的”

我的朋友，我已经忘了逝去的
年代的痕迹和我青春的激流。
请别问我那已经不存在的，
别问我有过什么快乐和忧愁，
我爱过什么以及什么背弃了我。
即使我不配尝到充分的快乐，
然而你，姑娘啊，你为幸福而生，
相信它吧，抓住这飘忽的一刻：
你的心还能感于友谊，感于爱情，
并为情欲的吻而充盈；
你的灵魂是纯洁的，不知有忧伤，
你的稚气的心和晴天一样明朗。
你何必要聆听我的疯狂和热情的
毫无趣味的故事？
它必然会扰乱你平静的神志，
你会流淌眼泪，你的心会战栗；
那轻信的心灵的潇洒会飞去，
而对我的爱情……也许就会吃惊。
也许，就永远……啊，不，我亲爱的，
我害怕被剥夺这近日的欢情。
请别要我做那种危险的吐露：
今天我在爱着，今天我很幸福。

拿破仑

一个奇异的命运终了，
伟大的人已经逝去。
在暗淡的囚居中，沉落了
惊人的拿破仑的世纪。
威武常胜的一代天骄，
受谴责的统治者去了，
去了，被全世界放逐的人，
继承你的时候已经来到。

世界将长久地，长久地
充满你的血写的记忆，
在荒凉的海波中安息吧，
光辉的声名将笼罩着你……
啊，多么壮丽的墓场！
在你的骨灰安息的瓮上，
人民的憎恨也随着熄了，
而你将闪着不朽的光芒。
曾几何时，你的一群鹰鹫
在受屈辱的大地上翱翔！
曾几何时，到处的王国
在你的威力的霹雳下覆亡；
而你的旗帜，随你的任性，
带着灾难呼啦啦飘扬，
到处，你把专制的重轭

压在各族人民的肩上！

当世界受到希望的照耀，
醒觉于奴役下的黑暗，
高卢人以愤怒的右手
把他们陈腐的偶像推翻；
当暴动的广场的灰尘
覆盖着一个帝王的尸身，
那不可避免的伟大日子，
自由光辉之日正在降临——

那时候，在人民的动乱中，
你预见了美妙的时会，
不顾他们崇高的希望，
你竟然蔑视了人类。
你的胆大而狂妄的心
只相信你的害人的幸福，
那已被推翻的独裁政体
又以幻灭的美把你迷住。

你使那复苏的人民的
青春的狂热又受到束缚，
你使重新苏醒的自由
失去活力，突然又沉默；
在奴隶中间，你尽兴地
满足了你的统治的心愿，

你把欧洲的民军驱上战场，
用桂花点缀了他们的锁链[1]。

法兰西尽管获得了声名，
却忘了她的远大的抱负，
她只能以被俘的眼睛
望着自己的灿烂的耻辱。
你以剑指着丰盛的筵席，
一切在你前面轰然倾倒：
欧罗巴完了——阴森的梦
在她的头上飞翔、缭绕。

啊，一个巨人庄严无耻地
踏上了欧罗巴的胸脯。
蒂尔西特[2]！（多凌人的地名！
俄国人再也不为它吓住）——
啊，最后一次，蒂尔西特
给傲慢的英雄冠以光荣，
但乏味的和平，安闲的冷寂
使幸运儿的心又在跳动。

狂妄之徒！是谁怂恿你的？
谁支配了你绝顶的聪明？

---

1 桂花是荣耀的象征。
2 蒂尔西特，东普鲁士的城名。1807 年俄皇亚历山大一世在这里和拿破仑签订条约，让出了普鲁士的一半领土。

你大胆而崇高的智力
怎么不理解俄罗斯的心?
全没有料到那伟大的
心灵的火焰，你一味梦幻
我们仍旧要和平，像要赠品;
可是，等你理解已经太晚……

俄罗斯啊，战斗的女王，
你记起了昔日的权利!
暗淡吧，奥斯特利茨[1]的太阳，
伟大的莫斯科呀，奋起!
另一个时代开始降临，
短暂的耻辱不能再拖延!
祝福莫斯科吧，俄罗斯!
拼死决战——就是我们的条款!
他伸出了麻痹的手指
又一次抓起铁的花冠，
可是，他终于，终于完了，
他的眼前已经是深渊。
欧洲的民军四处奔逃!
那为鲜血染红的雪地
已经宣告着他们的覆亡，
融雪化去了敌人的踪迹。

1 奥斯特利茨，地名，在今捷克。1805 年，拿破仑在此击败俄奥联军。

一切像卷入风暴而沸腾，
欧罗巴粉碎了她的锁链，
万邦的诅咒，像是霹雷
追随在暴君的后面。
这巨人看见到处的人民
把复仇的拳头举起：
暴君啊，你予人的所有凌辱
都要如数地还报与你！

无论他所虏获的资财，
还是奇异的胜仗的恶毒，
他都以流亡的内心的苦恼
在异邦的天空下偿付。
他所囚居的炎热的小岛
将会有北国的帆船造访，
远方人会把和解的语言
有时刻记在这个岛石上。

在那里，流放的人放眼海涛，
必曾想起刀剑的响声，
想起北国的冰雪的恐怖，
和自己的法兰西的天空；
在小小的荒岛上，有时候
他会忘了皇位、后世和战争，
只想着，只想着他的爱子，
他的心里悲凉而且沉痛。

还有谁，胸怀异常偏狭
（让我们羞辱这样的人），
在今天，还想以热狂的谴责
烦扰他的废黜的阴魂！
赞扬吧！他给俄罗斯人民
指出了崇高的命运，
在幽暗的流放里，他死了，
却把永恒的自由遗给世人。

征　兆

试观察一下不同的征兆：
庄稼人和牧童年纪还小，
看看天，看看西方的阴影，
就会预测刮风或者天晴，
有无五月的雨，润泽幼苗，
有无早霜寒气危害葡萄。
所以，如果有天鹅在黄昏
泼溅着湖面，叫你走近，
或者明亮的太阳遮进了
暗云重重，那你就会知道：
明天必有暴雨声来惊扰
少女的梦，或者就有冰雹
敲打窗户，而早起的农夫
原想割谷里高高的禾谷，

听到风暴声，就不去干活，
又懒懒地倒下迷糊一刻。

给友人*

别佯装吧，亲爱的朋友，
情场上我魁梧的对手！
竖琴的声音吓不倒你，
你也不怕哀歌的悲戚。
我们和解吧：你不曾嫉妒，
我又过于懒惰而轻浮，
你的美人儿不是傻瓜；
我看到了一切，毫不生气：
她虽然是迷人的劳拉[1]，
我可不以彼特拉克自居。

献　诗[2]

青年人啊，少男和少女，
请接受一篇新的习作，

* 本诗是写给 H. C. 阿列克谢耶夫（1789—1850）的，他是普希金在吉辛辽夫的同事和友人，当时正在追求 M. 艾赫费尔德，并疑心普希金也在追求她。

1 劳拉是意大利诗人彼特拉克（1304—1374）在其爱情诗中所崇拜的少女。

2 题名是译者加的，本诗原为普希金的长诗《加甫利颂》的献诗。《加甫利颂》是讽刺教会所谓的圣母“纯净受孕”的诙谐故事诗，因为有性爱的大胆描写而被禁。

这戏谑的缪斯的传奇
你们读来会感到快活，
胜过品达[1]风格的颂诗，
那一页页铺张的文辞；
也胜过那风行过一时
而令人打瞌睡的杂志，
如今它过于粗鲁、沉闷：
与天性相左，它的满纸
想恶毒，却只做到愚蠢[2]。

青年人啊，你们喜爱的
是巴纳斯的秘密花朵，
能使你们稍稍注意的
是放肆幻想的诗歌，
那就请在自己的庭荫
藏起我这草率的作品，
以免“愚昧”的手来剥夺，
避开“嫉妒”斜瞥的视线。
啊，是为你们，我把画面、
情思和故事再次撮合，
其中有正经，也有幽默，

1 品达是古希腊的抒情诗人。
2 以上四行，有不同版本。另一版本为：
也胜过那从不知标的
而令人打瞌睡的杂志，
它只热衷于粗鲁、沉闷，
并准时地每两周一次
想恶毒，却只做到愚蠢。

我是从地狱的档案里
找出这爱情的滑稽剧……

献 辞*

这儿就是那嬉戏的缪斯，
她的饶舌你曾如此喜爱，
如今，迷于宫廷的调子，
我调皮的姑娘已经悔改；
上帝以其天庭的福泽
荫庇着她，为了宗教事业
她献出了危险的戏作。
啊，我亲爱的朋友，请别
见怪她这以色列的装束——
请原谅她以往的过错，
既有了神圣印记的保护，
请接受一篇危险的诗歌。

"最后一次了"

最后一次了，我柔情的朋友，
我来到你的居室中。

---

* 题名是译者加的。本诗原为《加甫利颂》（普希金的长诗）的献辞，据信是献给阿列克谢耶夫的。

在这最后一刻，让我们享受
安静的、欢乐的爱情。
以后，独自恹恹期望也枉然，
请别再暗夜里等我；
啊，在破晓的曙光透露以前，
也不要再点燃烛火。

一八二二年

给友人[*]

昨天是喧哗告别的一天，
昨天是酒神狂欢的饮宴，
青年的喊叫，酒杯的碰撞，
和竖琴的乐音混成一片。

好吧！缪斯给你们祝福，
天赐花冠做你们的荫护，
当你们，朋友啊，推重我，
把光荣之杯向我献出。

它的缀满荣誉的镀金
不曾迷蒙我们的眼睛，
俗气的镂工和纹饰
也没有吸引我们的心；

只是有一点让人欣赏：
为了消解豪迈的渴望，
一满瓶酒都可以倾进
这杯中的辽阔的地方。

我畅饮——缭绕内心的思想

* 这首诗是赠给诗人在吉辛辽夫的军官友人 B. T. 凯克、B. П. 戈尔恰科夫和波尔托拉茨基弟兄的。酒会是为了送别凯克，席间他们给普希金一只最大的有花饰的行军杯子用以饮酒。

使我飞回到往日里暗伤，
那飞逝的生命的痛苦，
那爱情的梦都浮在心上；

美梦的无常使我好笑；
悲哀在我的面前消失了，
有如在酒液的倾注下
杯中的泡沫就破碎、溶消。

给书刊审查官的一封信*

缪斯的阴沉的监守，我长期的迫害人，
今天，我想要和你把事理论一论。
不要怕：我还没有为奢望所陶醉，
并不想对审查制加以鲁莽的责备；
伦敦所需要的，莫斯科还嫌太早。
我们有些什么样的作家，我知道；
他们的思想不会受到审查的迫害，
对于你，他们纯洁的心无须删改。

首先，我得对你老老实实地承认，
你的命运时常引起我的怜悯：

---

* 本诗是写给审查官 A. C. 比鲁珂夫的，普希金二十年代的大部分作品都经过他的审查，诗人把他的审查称作是“一个胆怯的蠢人的专制镇压”。

你是赫瓦斯托夫、布宁娜唯一的读者[1]
一切胡言乱语你最精于解说；
忽而荒谬的散文，忽而荒谬的诗歌，
你永远得仔细研究，只为了挑错。
鬼使神差把俄罗斯的文人弄昏：
有谁要把法文的小说译成英文，
有谁要写颂诗，正在流汗和喘气，
又有谁玩笑地给我们写一出悲剧——
这和我们无关；可是你得阅读，生气，
打呵欠，瞌睡一百次——然后签字。

因此，审查官是个苦差使；也有时
他很想从阅读中启发一下脑子；
卢梭、伏尔泰、毕冯[2]、杰尔查文、卡拉姆津
在诱惑他，但是他必须浪费光阴
去看什么撒谎家的新编的胡言，
（因为他有歌唱树林和田野的悠闲），
而且读得失去连贯，还得从头再找；
或者就从贫乏无聊的杂志里画掉
那些粗劣的嘲笑和下流的语言，
不愧是文雅的讽刺家的精心贡献。

但审查官也是公民，他的职位神圣：

1 赫瓦斯托夫和布宁娜都是“俄国文学爱好者座谈会”的成员和庸碌的诗人。
2 毕冯（1707—1788），又译“布封”，法国自然科学家，著有《自然史》。

他的头脑必须开明而且公正；
他从心里一贯尊敬神坛和皇位，
但不压制言论，也能够容忍智慧。
这个谨守平静、礼仪和风俗的人
自己绝不违犯制定的章程和法令，
他忠于法理，热爱自己的祖国，
他知道怎样使自己担负起职责；
他不妨碍别人追求有益的真理，
也不干预富有生气的诗的游戏。
他与作家为友，对显要也不畏缩，
他明达、坚定、主持正义而且洒脱。

但是你，蠢材和懦夫啊，你对我们
做的是什么？哪儿该用思索去推论，
你就茫然眨眨眼；还没有看懂意思
你就涂抹和割裂词句，你任着性子
管白叫黑，管讽刺叫诬蔑，管诗叫淫乱，
管库尼金叫马拉[1]，真理之声是叛变。
决定了，就去它的，恳求也无济于事。
难道你不惭愧吗：在神圣的俄罗斯，
由于你，我们至今看不见书籍？
假如有一天，人们透出事情的真谛，
那么，君王由于爱惜俄国的荣誉

1 A. П. 库尼金（1783—1841）是皇村中学的教师，他所著的《天然权利》在1821年被查禁。马拉是法国大革命时期的革命领袖，曾送许多人到断头台，因此不为普希金所赞许。

和健全的心智，会让书籍不经过你
而印刷[1]。俄国也曾留传下一些诗歌：
叙事诗、民歌、哀歌、寓言、联句、八行格，
这都是闲暇和爱情的天真的梦，
是想象之花的昙花一现的留影。
野蛮人啊！凡是主宰俄国诗琴的歌手，
我们哪一个不诅咒你致命的斧头？
你是讨厌的太监在缪斯中间巡行，
无论趣味，智慧的闪烁，热烈的感情，
"华筵"歌者[2]的文体，如此高贵、纯净——
怎样都不能感动你冷酷的心灵。
你对一切都侧目而视，投以猜忌，
到处都看到毒素，对一切都怀疑。
放下你的工作吧，它毫不值得赞颂，
巴纳斯不是寺院，也不是忧郁的后庭。
而且，事实是，无论怎样精通的马医
从没有稍减彼加斯过多的火气。
你怕什么呢？相信我吧，谁要想以
嘲笑法律、政府或风俗娱乐自己，
他绝不会让自己去受你的追究，
他准不为你所知，我们知道那理由——
他的手稿不但不在忘川里沉没，
而且不带着你的签字在世间传播。

1 亚历山大一世曾特许卡拉姆津的俄国史不经审查而出版，这是由于知道该书的大致趋向是忠于君主、忠于专制政体的。
2 指 E. A. 巴拉邓斯基（1800—1844），他著有长诗《华筵》。

巴尔珂夫[1]的诙谐诗没送给你看；
拉狄谢夫[2]，奴隶制之敌，躲避审查官；
普希金[3]的诗篇从没有印刷出版；
何必呢？就这样也仍旧被人传观。
但你自行其是，在这深奥的时代，
沙里珂夫[4]几乎是世上的祸害。
为什么你要毫无理由地折磨自己，
折磨我们？你可读过凯瑟琳的《训示》[5]？
多念念懂吧；你会在那里清楚看出
你的责任和权限：你该换一条路。
在女王的眼里，一个优越的讽刺家[6]
写出了人民的喜剧把愚昧鞭挞；
可是，在宫廷蠢材的狭隘的头脑中，
库杰金竟被看作是和基督等同。
权贵的灾星杰尔查文，在激昂的琴上，
揭露和打击了他们的傲慢的偶像；
海尼采尔[7]微笑着漫然谈说真理；
杜申卡[8]的密友语义双关地打趣，
还有时让维纳斯体无遮盖地出现——

---

1 伊凡·巴尔珂夫（1732—1768），淫秽作品的诗人。
2 拉狄谢夫（1749—1802），俄国进步作家，著有《从彼得堡到莫斯科的旅行》等。
3 指普希金的叔父，他著有《危险的邻居》。
4 П. И. 沙里珂夫（1768—1852），他写有一些多愁善感的爱情诗，成为嘲笑的对象。
5《训示》成于1766年，对立法和司法有所规定，充满当时的进步精神，但凯瑟琳实际上未曾执行。
6 指冯维辛及其喜剧《纨绔少年》。下文的库杰金是该剧中一个教会学校的学生。
7 伊凡·海尼采尔（1745—1784），俄国寓言作家，克雷洛夫的先驱者。
8 指И. Ф. 波格丹诺维奇的长诗《杜申卡》中的主人公。

他们谁也没受到审查官的留难。
你有点皱眉了：你认为，在今天
他们可不能这样容易和你敷衍？
是谁的错呢？一个正义标在你面前：
那是亚历山大朝代的美好的开端[1]。
打听一下吧：那时候印刷过一些书。
在心智的事业上，我们不能退步。
我们正当地羞愧于往昔的愚蠢，
难道我们再要回到以往那时辰——
让人们没有谁敢叫一声“祖国”[2]，
无论人或书刊都在奴役中过活？
不，不！俄罗斯卸下了愚昧的重载，
它已经逝去了——那戕毒的年代。
既然卡拉姆津获得了荣誉的花冠，
那绝不能是蠢材做了审查官……
改改吧：明智些，别和我们为难。

你说了：“一切说得对，我不和您争辩；
可是，审查官怎能够凭良心考量？
时而这个，时而那个，我不得不宽放。
自然，您觉得可笑——我常常一面读
一面哭，又画着十字，碰运气乱涂——
一切都有个时尚；过去，比如说，

1 亚历山大一世执政初期有自由主义倾向，当时出了一些书，以后又被禁。
2 1787年巴维尔禁止使用十三个有革命含义的字，其中之一即“祖国”。

我们很尊敬伏尔泰、边沁、卢梭，
但现在，连米洛[1]都落在我们网里。
我是个可怜人，还有妻子和儿女[2]……”

你有妻子和儿女，朋友，那真不幸：
我们一切龌龊的行为都由此产生。
可是没法子；好了，如果你不能
小心翼翼地赶快滚回家中，
如果沙皇还必须要你来服务：
至少，你该雇一个聪明的秘书[3]。

囚　徒

我坐在阴湿牢狱的铁栏后。
一只在禁锢中成长的鹰雏
和我郁郁地做伴；它扑着翅膀，
在铁窗下啄食着血腥的食物。

它啄食着，丢弃着，又望望窗外，
像是和我感到同样的烦恼。
它用眼神和叫声向我招呼，

1 米洛（1726—1785），法国作家，他所著的世界史译成俄文，因其中对教会政权有否定的解释，为俄皇的检察官所干预。
2 “还有妻子和儿女”引自克雷洛夫的寓言《农夫和死》。
3 这句话引自克雷洛夫的寓言《预言》。

像要说:“我们飞去吧，是时候了，

我们原是自由的鸟儿，飞去吧——
飞到那乌云后面明媚的山峦，
飞到那里，到那蓝色的海角，
只有风在欢舞……还有我做伴！……”

警　句*

克莱丽莎钱太少，
你阔，去和她行婚礼；
她本就应该富豪，
绿帽对你也很适宜。

* 题名是译者加的。

一八二三年

“翻腾的浪花”

是谁，翻腾的浪花啊，把你阻留，
谁用铁链扣住了你猛力的奔跑，
是谁把你激荡澎湃的巨流
引到一摊浊水里，默默地歇了潮？
是谁的魔杖一下子幻化尽
我所有的希望、悲哀和欢乐，
并且使我热狂的心灵和青春
沉沉地睡去，充满了冷漠？
欢跃吧，风，把这一池水掀起，
快来摧毁这扼制我的堡垒——
雷呀，自由的信号，你在哪里？
让你的霹雳飞驰过这摊死水。

夜

为了你，我的歌声悒郁而且缠绵，
它激荡在这幽深而寂静的夜晚。
在我床前，一支蜡烛凄清地烧着，
我的诗句淙淙地流出和汇合：
啊，爱情的溪泉，它充满你的形象；
在黑暗中，你的眼睛对我闪亮，
你在对我微笑——而且我听见了声声低语：
我的朋友，我的爱……我是你的，我爱你！

“大海的勇敢的舟子”*

大海的勇敢的舟子，我多么羡慕你
生活在帆影下，在风涛里直到年老！
已经花白了头，是否你早已寻到
平静的港湾，享受一刻安恬的慰藉？
然而，那诱人的波浪又把你喊叫！
伸过手来吧：我们心里有同样的渴望。
让我们离开这颓旧的欧罗巴的海岸
去漫游于遥远的天空，遥远的地方。
我在地面住厌了，渴求另一种自然，
让我跨进你的领域吧，自由的海洋！

“狡狯的魔鬼”

有那么一个狡狯的魔鬼
扰乱了我安适的愚昧，
它把我的生存永远霸占，
和它自己的捏合到一起。
我开始用它的眼睛观看，
生命对于我一无可取；
我的心灵所发的声音
和他不明爽的话共鸣。

---

* 这首诗反映了普希金流放期间的苦闷心情，他想逃往海外，离开“颓旧的欧罗巴”。

我清醒地阅世而诧异，
难道以前，这世界对于我
竟显得如此伟大和美丽？
说吧，年轻的梦想者，
你在寻找什么？追求什么？
你能够热烈地崇拜谁
而不感到内心的惭愧？
于是我观察所有的人，
只见他们卑鄙而又傲慢，
永远近乎邪恶的愚蠢，
一群残酷而浮躁的法官。
他们忙忙碌碌，冷酷无情，
而又胆怯；就在这群人前，
那高贵的真理的声音
变为可笑，古昔的史实枉然。
但你们是对的，聪明的人民，
自由的呼声有什么必要？
牲畜不需要自由的礼品；
它们该被屠宰，或者被剪毛。
它们代代所承继的遗产
是带响铃的重轭和皮鞭。

“你可会饶恕”*

你可会饶恕我嫉妒的猜测，
我的爱情的狂暴的波澜？
你是忠实于我的，为什么
却又总喜欢使我虚惊颤颤？
当成群的倾慕者趋献殷勤，
为什么你总故作爱娇、妩媚，
你美妙的一瞥，忽而脉脉含情，
忽而哀愁，使一切人想入非非？
你主宰了我，迷住我的理性，
确信我不幸的爱情已属于你；
难道就没有看见，在那一伙
热狂的人中，我谁也不理，
只默默苦于孤单自处的怒火？
你对我没有一句话，不看一眼……
啊，残酷的人儿！即使我
要跑开，你送别的目光也不见
惊恐和恳求。即使有美丽女郎
和我暧昧地交谈，你仍旧安详；
你的责备是快活的，在那里
没有爱情，使我全身都冻僵。
再请告诉我：我那永远的情敌

* 本诗是写给阿玛利亚·里兹尼屈（1803—1825）的，她是意大利人，商人之妻，普希金在敖德萨结识了她。

为什么要狡猾地向你招呼，
每当他遇到你我单独在一起？……
他对你算得什么？他苍白、嫉妒；
请问：从哪儿说，他有这权利？……
在夜晚和黎明间那避嫌的钟点，
孤单地，母亲不在，衣履不全，
为什么你还必须把他请进门？……
但你是爱我的……和我在一起，
你是这样的温柔！你的亲吻
是这样火热！你的爱情的蜜语
多么充满了你真挚的灵魂！
我的折磨在你觉得滑稽；
啊，你是爱我的，我了解你；
可是，我亲爱的朋友，请别
再折磨我吧，我向你恳求：
你不知道我爱得多么热烈，
你不知道我多么痛苦、难受。

生命的驿车

有时候，虽然它载着重担，
驿车却一路轻快地驰过；
那莽撞的车夫，白发的“时间”，
赶着车子，从没有溜下车座。

我们从清晨就坐在车里，
都高兴让速度冲昏了头，
因为我们蔑视懒散和安逸，
我们不断地喊着：快走！……

但在日午，那豪气已经跌落；
车子开始颠簸；我们越来越怕
走过陡坡或深深的沟壑，
我们叫道：慢一点吧，傻瓜！

驿车急驰得和以前一样，
临近黄昏，我们才渐渐习惯，
我们瞌睡着来到歇夜的地方——
而“时间”继续把马赶向前面。

一八二四年

“沙皇门前的静止的守卫睡了”

（一）

沙皇门前的静止的守卫睡了，
在宫廷里，唯有北国的君王[1]
默默地没有睡，人间的命运
在戴王冠的头里密密地隐藏，
它们要一连串显露
给世间带去禁锢，作为礼物——

（二）

而帝王在赞叹自己伟大的事业。
“这是德政啊”，他想，他的视线
从泰勃河直扫到维斯拉[2]涅瓦，
从皇村的菩提树到直布罗陀塔尖：
一切默默地等待一击，
一切匍匐着——在轭下低头、屏息。

（三）

“大业完成了，”他说，“世界各民族
歌颂伟大偶像的倾倒才有多久？
…………
…………

---

1 本诗由于审查之故，在诗人生前未发表。“北国的君王”指亚历山大一世，他在 1823 年开完了维罗纳会议后返回俄国，以他为首的“神圣同盟”决定了镇压南欧的革命运动的政策。
2 泰勃河，在意大利。维斯拉，即维斯杜拉河，在波兰。

…………
…………

（四）

“老朽的欧罗巴可会长久发疯？
德意志已为新的希望而沸腾，
奥地利在动摇，尼阿波里起义了，
在比利牛斯外，是否自由能
把人民的命运主宰得久长？
难道专制政体只荫庇着北方？

（五）

“啊，自由的创始者，你们在哪里？
好了，辩论吧，尽你们去找天赋人权，
哲人啊，尽你们去鼓动愚蠢的人群，
恺撒在此。布鲁塔斯[1]呢？啊，滔滔的雄辩，
请吻一吻俄国的王杖，
吻一吻这惩罚过你们的铁的脚掌。”

（六）

他刚说完，一个精灵在隐隐飘飞，
像寒风吹拂，起而又灭，又吹过身，
北国的君王受到一阵冷气缭绕，
不禁迷惑地注视着宫廷的大门——

1 古罗马时，拥护共和体制的布鲁塔斯刺杀了想称帝的恺撒。

他听到了子夜的搏战——
一个不速之客在皇宫里出现。

（七）

这就是那盖世之雄，上天的使者，[1]
不可知的天意之命定的执行人，
也是作乱的“自由”的继承者、扼杀者。

他这个骑士，连帝王对他都要躬身，
啊，这冷酷的嗜血鬼，
这国君，消失得像晨曦的阴影，像梦魅。

（八）

不会有阴沉无事的疏懒的皱纹，
不会有过早的白发、迟缓的行动，
不会有叠皱的眼皮下的暗淡的光
来嘲笑他，嘲笑这被放逐的英雄：
由于帝王们的指使
他已被大海的静谧之苦所处死。

（九）

啊，不，他神异的目光灵活得难测，
它忽而凝神远方，急而炯炯有力，
有如英武的雷神，有如一道电闪，

1 指拿破仑。自此以下都是描写他的。

在健壮、刚毅、有力的壮年时期——
是这个主宰西方的人
威严地面临着主宰北国的国君。

（十）

正是这样，他在奥斯特利茨平原
以强大的手把北国的大军驱赶，[1]
使俄国人第一次在死亡前逃跑：
也正是这样，他带着胜利的条款，
带着和平与屈辱的主张，
在蒂尔西特，面对着年轻的沙皇。

书商和诗人的会谈

书　商

写诗对于您不过是消遣，
您坐下来，不费什么力气，
您的名声早已不胫而走，
而到处传开这可喜的消息：
据说一篇长诗就要脱手，
是您最近的心血的结晶。
因此，您说吧，我等您决定
这篇新作要出售的价格。

1　拿破仑在奥斯特利茨击败俄奥联军。

缪斯和美神的宠儿的佳作
转眼间就能把卢布换到，
我们会把您的一页页稿纸
变成一大捆现成的钞票……
啊，为什么您在深深地叹息？
我能不能知道？

诗　人

我在回想。
我想起过去有个时期
我曾经多么富于希望；
我是个无忧的诗人，我写作
出于灵感，而不是为了价格。
在回忆中，我仿佛又看见
那山居和幽暗孤寂的住所，
在那里，我常常把缪斯呼唤，
请她来到我幻想的华筵。
在那里，我的歌声更为优美，
在那里，一切鲜明的幻影
更久久地，说不出的妩媚，
在灵感澎湃的幽深的夜晚，
围绕着我，在我头上盘旋！……
盛开的原野，月光的银辉，
老妈妈口述的神怪的流传，
颓残的教堂里风雨的喧声：
一切都激动我柔弱的心灵。

一个恶魔主宰了我的悠闲
和弹唱，它到处跟着我飞翔，
向我低语，发出奇异的音响，
这时我的头颅就充满了
一种沉重的、火热的病痛，
于是奇妙的梦开始滋生；
我的语言扣着和谐的节奏
和嘹亮的脚韵，随着梦涌流。
在乐声上，我要去比拟的
是旋风，是树林的喧响，
或是夜晚轰隆震耳的海洋，
或是小河的潺潺的低语，
或是金莺的动人的歌唱。
那时，我一任作品寂无声息，
而不愿把激情与世分享；
我没有把缪斯美好的赠予
在市上可耻地标价兜售，
却吝啬地、严密地把它看守。
这有如一个执迷的情人
守护他年轻的恋人的赠品，
他沉默而骄傲地，要使它
躲开伪善的世俗的眼睛。

书　商

但是，您有广大的声名
代替了秘密的幻想的慰安：

您的作品已经人手一篇。
而另外，在灰尘的堆积下，
有多少积压的散文和诗章，
它们都枉然地等待读者
和那种捉摸不定的报偿。

诗　人

这样的人有福了，谁要能
守住心灵的崇高的创造，
而且不期望他的感情
得到人们的奖赏，就好像
我们不想从坟墓得到反响。
啊，那沉默的诗人有福了，
假如他被可鄙的世人忘掉，
他没有为声名的荆棘纠缠，
却淹没无闻地离开人间！
声名啊，比希望的梦更骗人，
它是什么？是读者的传言？
是无知的小人的迫害？
还是愚蠢的人们的赞叹？

书　商

诗人拜伦[1]有过这种意见，
茹科夫斯基[2]也曾这么说；

1　拜伦，英国19世纪诗人。
2　茹科夫斯基，和普希金同时代的俄国诗人。

然而，世人仍旧赏识和争购
他们的声韵优美的诗作。
你们的命运真令人羡慕！
诗人可以口诛，可以赞扬，
他以永恒的羽箭，使恶徒
在遥远的后世还受到创伤；
他以赞颂的诗取悦英雄；
他让恋人，像克琳娜[1]一样，
高高坐在爱神的宝座上。
赞誉对于您是可厌的闹声。
但女人的心却爱虚荣，
为她们而写吧；对于她们
安纳克利融的恭维很中听。
在我们年轻的时候，玫瑰
比赫利孔[2]的桂花更为珍贵。

诗　人

什么是自我陶醉的幻梦？
不过是狂热的少年的娱乐！
而我，在暴风雨里生活的我，
也曾追求过美人的垂青。
那迷人的眼睛读我的诗
曾经带着多情的微笑，

1 克琳娜，古罗马诗人奥维德所歌颂的美人。
2 赫利孔，希腊中部山名。神话中指为缪斯的圣地。“赫利孔的桂花”指诗名，“玫瑰”指爱情。

她们那富于魅力的嘴唇
也曾经低吟我优美的音调……
可是，够了！哪一个梦幻者
肯为了她们把自由牺牲？
算了，让青年歌唱美人吧，
她们本来是自然的娇宠，
但她们和我有什么关系？
我的日子在荒远里，默默流去；
如今，我忠实的竖琴的呻吟
已触不到她们轻浮的心灵。
她们的幻想并不很纯洁，
她们并不能理解我们。
神的幻影，真纯的灵感，
对她们不是可笑，就是无缘。
有时候，为她们而写的诗句
不自觉地在记忆里浮起，
我的脸会发烧，我的心会痛：
我为我的偶像感到脸红。
不幸的我，还有什么可向往？
这高傲的头脑要献给谁？
有谁值得我以纯洁的思想
热情地崇拜，而不感到羞愧？

书　商

我爱您的激愤。这才是诗人！
什么原因使您如此不平

我无法知道；然而，难道没有
一个例外，能使您垂青？
难道没有一个可爱的女人
值得您的灵感和热情，
并且以她超凡的美色
完全配得上您的歌颂？
啊，您沉默了？

诗　人

唉，沉重的梦，
为什么你要苦恼诗人的心？
你徒然折磨着他的记忆。
随它吧！这和世人有什么关系？
一切已和我绝缘！……我的心
可留下了任何不灭的形影？
我可曾体验过爱情的幸福？
我可曾悄悄地流过眼泪，
忍受长久的怀念的痛苦？
她在那儿了？那眼睛像是天庭
对我微笑的？我整个的一生
难道只是一两个黑夜？
…………
但那又怎样？爱情的悲吟
已令人厌倦；我的话语
都不过是狂人的梦呓。
但是，它们却打动过一颗心，

那颗心也在悲伤地战栗：
命运就是如此地决定。
唉，每当我想到那枯萎的心，
它就复燃起我的青春，
而过去的诗情和梦想
便团团绞痛在我的心上！……
只有她理解我隐晦的诗情，
只有她会使爱情的明灯
在心里燃烧，发出纯洁的光。
算了，我只是在这里妄想！
她已经拒绝了我深心的
呼喊、恳求和郁郁的思念：
她就像是那天上的神灵，
不需要尘世的热情的奉献！……

书　商

因此，对于爱情意懒心灰，
也厌倦于啧啧的人言，
您早早便已和竖琴疏远。
现在，您既抛弃了诗神、
烦嚣的社会和时尚的旋流，
您选择了什么呢？

诗　人

自由。

书　商

好极了。我要给您一句忠告，
请听取这一句至理名言：
我们这时代是个叫卖商人。
在这铁的世纪里，没有钱
就没有自由。什么是诗名？
对于歌手的陈腐的破烂
出色的付款。我们要的是
金钱，金钱，金钱！请把黄金
堆积如山！我知道您会驳斥，
可是，我很清楚，凡是诗人
都很重视自己的作品，
就是当您的创造的火焰
使幻想沸腾；可是等它变冷，
那作品就使您感到羞惭。
请容许我简短地说吧：
您不必兜售自己的灵感，
但是手稿却可以卖出。
还何必迟疑？许多读者
已经询问我几时出书；
报刊的记者、憔悴的文人，
都先后来我的店里游逛，
有的为讽刺而寻找食粮，
有的为了笔，有的为了心；
我得承认，从您的诗琴

我能预见一大笔财源。

诗　人

您说得很对。这就是一卷
我的手稿。让我们订个合同。

致大海

再见吧，自由的元素！
最后一次了，在我眼前
你的蓝色的浪头翻滚起伏，
你的骄傲的美闪烁壮观。

仿佛友人的忧郁的絮语，
仿佛他别离一刻的招呼，
最后一次了，我听着你的
喧声呼唤，你的沉郁的吐诉。

我全心渴望的国度呀，大海！
多么常常的，在你的岸上
我静静地，迷惘地徘徊，
苦思着我那珍爱的愿望[1]。

1　诗人一度想从敖德萨偷渡出海，逃避流放，但未成功。

啊，我多么爱听你的回声，
那喑哑的声音，那深渊之歌，
我爱听你黄昏时分的幽静，
和你任性的脾气的发作！

渔人的渺小的帆凭着
你的喜怒无常的保护
在两齿之间大胆地滑过，
但你若汹涌起来，无法克服，
成群的渔船就会覆没。

直到现在，我还不能离开
这令我厌烦的凝固的石岸，
我还没有热烈地拥抱你，大海！
也没有让我的诗情的波澜
随着你的山脊跑开！

你在期待，呼唤……我却被缚住，
我的心徒然想要挣脱开，
是更强烈的感情把我迷住，
于是我在岸边留下来……

有什么可顾惜的？而今哪里
能使我奔上坦荡的途径？
在你的荒凉中，只有一件东西
也许还激动我的心灵。

一面峭壁，一个光荣的坟墓……
那里，种种伟大的回忆
已在寒冷的梦里沉没，
啊，是拿破仑熄灭在那里[1]。

他已经在苦恼里长眠。
紧随着他，另一个天才
像风暴之声驰过我们面前，
啊，我们心灵的另一个主宰[2]。

他去了，使自由在悲泣中！
他把自己的桂冠留给世上。
喧腾吧，为险恶的天时而汹涌，
噢，大海！他曾经为你歌唱。

他是由你的精气塑成的，
海啊，他是你的形象的反映；
他像你似的深沉、有力、阴郁，
他也倔强得和你一样。

世界空虚了……哦，海洋，
现在你还能把我带到哪里？
到处，人们的命运都是一样：

---

1 拿破仑于 1821 年死于圣赫勒拿岛的囚居中。
2 指英国诗人拜伦。拜伦在 1824 年参加希腊革命时死去。

哪里有幸福，必有教育
或暴君看守得非常严密。

再见吧，大海！你壮观的美色
将永远不会被我遗忘；
我将久久地，久久地听着
你在黄昏时分的轰响。

心里充满了你，我将要把
你的山岩、你的海湾、
你的光和影、你的浪花的喋喋，
带到森林，带到寂静的荒原。

奸　滑*

要是你的朋友对你的言语
报以尖酸刻毒的沉默；
要是他将自己的手，战栗地
躲开你的，像躲开一条蛇；
要是他以尖刻的目光盯你，
又似轻蔑地摇一摇头——
不要说，“他难过，他孩子气，

* 本诗由于普希金友人 A. H. 拉耶夫斯基背弃友情而写成。后者知道普希金对渥隆佐娃夫人的感情后，称普希金为“魔鬼”。据推测，普希金因此迅速离开了敖德萨。

是无望的相思使他太难受”；
也不要说：“他翻脸无情，
他邪恶、无味，不配做朋友；
他一生都是个沉重的梦……”
难道你说对了？你可好受？
啊，如果这样，他就会匍匐
恳求一个友人的宽恕。
可是，如果你利用友谊的
神圣的权柄，尽量对他狠毒，
如果你是千方百计地
刺着了他最怕人的痛处，
并且看着他丢脸、忧伤
和哭泣，而傲然感到欢欣；
如果你把对他的下流诽谤
亲自做了无形的回应，
如果你把枷锁给他戴上，
笑着出卖了这做梦的敌人，
而他在你缄默的心灵里
悲哀地看出那一切秘密——
好了，走开吧，无须多废话：
只有末日裁判将把你惩罚。

“夜晚的轻风”

夜晚的轻风
流香在半空。
喧响着，
奔跑着
瓜达尔几维河[1]。

天上升起金色的月亮，
静一些……听……吉他在响……
一个西班牙的姑娘
正倚靠在阳台边上。

夜晚的轻风
流香在半空。
喧响着，
奔跑着
瓜达尔几维河。

可爱的天使啊，摘下面纱，
像灿烂的白天露出容光！
把你那美妙的玉足
向铁栏杆的外面伸出！

1 瓜达尔几维河，又译“瓜达尔基维尔河”，西班牙的河流。

夜晚的轻风
流香在半空。
喧响着，
奔跑着
瓜达尔几维河。

“你憔悴而缄默”*

你憔悴而缄默；忧郁在折磨着你；
啊，那少女的唇边也失去了笑意。
很久以来，你懒得用刺针去绣出
花朵和图案，却只爱无言的孤独
和闷坐。啊，少女的悒郁我却很熟悉，
我的眼睛早就读出了你的心意。
你在爱着，别隐瞒吧：和我们相同，
温柔的少女也恋爱，为爱而激动。
幸福的青年啊！请告诉我，他是谁——
那个英俊的少年，他的鬈发那么黑，
眼睛那么蓝？……你脸红了？我默默无语，
然而我知道一切，一切；如果我愿意，
我会说出他的名字。是不是他常常
在你家附近徘徊，视线投到你的窗上？
你秘密地等待他。他走了，你跑出门，

* 这是法国诗人安德烈·谢尼埃的一首诗的意译。

久久望着他的背影，却把自己藏住。
在明媚的五月，在欢乐的节日里，
一群少年人在华丽的马车里驰驱，
自由而大胆的少年啊，任凭喜好，
有谁肯勒住马儿，不让它尽情奔跑？

北　风*

凛冽可畏的北风，为什么
你把河边的芦苇吹向山谷？
为什么朝向遥远的天穹
你这样怒号地把云彩追逐？

不久以前，层叠的乌云
还将天庭的圆顶密密遮蔽，
不久以前，山上的橡树
还以骄傲的美色而挺立……

可是你起来了，你在欢舞，
带着雷鸣和荣誉，一路呼啸——
你吹散了密密的乌云，
庄严的橡树也被你掀倒。

* 这首诗基于著名的寓言《橡树和芦苇》的情节写出，但被赋予了另一种命意。普希金于1830年的誊写稿上注明“写于1824年”，但这可能是为了掩饰本诗的含意。据猜测，这首诗是在1825年听到亚历山大一世逝世的消息后写出的。

啊，但愿太阳的明亮的脸
从现在起，愉快地闪耀，
和煦的西风舞弄着云彩，
芦苇静静地涌起绿潮。

一八二五年

焚毁的信*

别了，爱情的信！别了，这是她的旨意。
我迟疑了多久！多么久了，手在迟疑，
不愿把我所有的欢乐付之一焚！……
可是，算了，到时候了。烧吧，爱情的信。
我已经决定；我的心不再反复寻思。
啊，贪婪的烈火已经在吞噬你的纸……
只一分钟！……又扑起来烧，火苗的轻烟
冉冉地飘旋，和我的恳求一起消散。
那钟情的指环的烙印，那封口的漆，
都融化了，哗哗地响……噢，天命之火！
它完成使命了！焦黑的纸都皱起；
在轻飘的死灰上，那珍重的笔迹
现出白色……我胸口窒息。亲爱的火灰，
永远伴着我在我悲哀的胸口上吧，
你是我凄凉的命运之惨淡的安慰……

劝　告

相信我吧：每当你周身飞旋着
那来自期刊的一窠蚊子和牛虻，
别讲理，别浪费你尊贵的口舌，

* 本诗和 E. K. 渥隆佐娃伯爵夫人（1792—1880）有关，普希金曾长期迷恋于她。

别答复他们的嗡营和无耻的喧嚷；
无论逻辑或是风趣，亲爱的朋友，
都不会使他们顽固的一族平息。
愤怒也是不必的——只有一挥手，
突然用迅速的警句把它们拍击。

声誉的想望*

每当我为爱情与幸福所陶醉，
屈着膝，默默无言地和你相对，
每当我望着你，心里想：你是我的——
你知道，亲爱的，我是否想望声誉。
你知道：自从避开那浮华的社会，
也不愿再为诗人的虚名所累赘，
倦于长期的风暴，我绝不再去听
遥远的谴责和赞誉的扰攘之声。
难道说，我会计较人言的裁判，
每当你向我低垂着倦慵的视线，
你的纤手轻轻在我的头上抚摸，
并悄悄问：你在爱我吗？你可快乐？
告诉我，你将不会爱别人和我一样？
我的朋友，你将永远不把我遗忘？
那时候，我只保持着困窘的缄默，

* 本诗写给 E. K. 渥隆佐娃。

我的心里充盈着幸福感，我想着：
没有明天了，那可怕的别离的一天[1]
永不会来了……可是呢？一转眼间，
眼泪、痛苦、变心、诽谤，一切在我头顶
纷纷碎落……天哪，我怎么了？我站定，
像一个过客，在荒野上遇到电闪，
一切在我眼前昏黑了。而今天
我为一种未曾有过的渴望所煎熬：
啊，我渴望声誉，只为了一片喧嚣
会时刻把我传送到你的耳朵，
只为了要你的周身都环绕着我，
一切，一切都向你嚷着我的姓名；
于是，也许，听着这种钟情的声音，
你会默默想起我的最后的恳求
当我们在花园，在暗夜分手的时候。

1　指普希金即将由敖德萨流放到米海洛夫斯克村。

安德烈·谢尼埃[1]

献给H. H. 拉耶夫斯基

于是，当我忧郁和被囚
我的竖琴就突然苏醒……

当整个惊愕的世界望着
拜伦的尸灰甑而暗伤，
当他的靠近但丁的诗魂
谛听着全欧洲竖琴的合唱；

另一个幽灵在呼唤我，
他早已停止歌唱，停止啜泣，
很久以前，在痛苦的时日，
他从断头台走进墓荫里。

歌唱爱情、树林、和平的诗人，
我给你带来墓前的花朵。
不为人知的琴在弹奏了，
我要为你和他而作歌。

---

1 安德烈·谢尼埃（1762—1794），法国诗人。法国革命初期，他曾赞助革命，以后反对雅各宾派人，被罗伯斯庇尔处死，死于罗伯斯庇尔被推翻的前两天。本诗描写法国革命的四十四行（由“我向你致敬，我的明灯！”至“于是幽暗的风暴消逝！”）曾被审查官删去，但被删的部分以手抄稿流传，被沙皇政府发现，于是构成长期政治性的诉讼，拘捕数人，并曾传讯普希金。这一事件在 1828 年 7 月才结束，并由国务会议决定予普希金以秘密的政治监视。本诗有自述性质，普希金将谢尼埃写成暴政下的牺牲者，有比拟自己被暴君流放之意。结尾认为暴君的倾覆为期不远，也寄托着普希金对十二月党人推翻沙皇统治的希望。题词两行摘自谢尼埃诗《妙龄的女囚》。开头三节诗是写给拉耶夫斯基的。

疲倦的斧头又举起来了，
它召唤着新的祭品。
歌者准备受刑；最后一次，
他要弹奏沉郁的竖琴[1]

明天是死刑，人民经常的宴飨；
但是，青年歌手的琴弦
要弹唱什么？啊，它要歌唱自由，
直到临终也不改变！

“我向你致敬，我的明灯！
我歌颂过你天庭的面容，
当它像火花爆发光明，
当你啊，自由，在风暴里上升。
我歌颂过你神圣的霹雷，
因为它扫荡了可耻的堡垒[2]，
并且把权势自古的骄矜
劈散为耻辱和灰烬。
我看到你的儿子们的公民的义勇，
我听到他们弟兄般的保证，
还有伟大心灵的誓语。
和对专制政权的回答，坚决不移。[3]

---

1 像最后的夕照，像风的最后的吹动，活跃着美丽的一天的黄昏，在断头台下，我还要把我的竖琴拨弄。（见安德烈·谢尼埃的最后的诗）——普希金注

2 指巴士底牢狱，法国革命以人民攻破这一牢狱为开始。

3 国民会议宣誓，不至宪法草成决不休会。法王要求解散它，被密拉保断然拒绝。

我看到他们汹涌的浪潮
如何吸引一切，将一切推倒。
而热情的护民官，满心狂喜地预言
大地的蜕化和改变。
啊，你睿智的精灵已经发光，
神圣的流放者的英灵
已经安置在永远不朽的庙堂[1]，
腐朽的宝座显露原形，
被剥去了偏见的外衣，
枷锁跌落了。于是法理
以自由为支柱，宣告着人人平等，
我们快乐地高呼：幸福！
噢，可悲！噢，狂妄的梦！
自由和法理何在？到处
统治我们的仍只是斧头。
我们推翻了帝王们。可是我们又把
杀人犯和刽子手选为皇帝。可耻啊，可怕！
然而你，神圣的自由，
纯洁的女神啊——不，你没有过错。
当暴虐的盲动阵阵发作，
当人民陷入可鄙的暴怒，
你便躲开我们；你的救治人的容器
遮上了一层血腥的帷幕；
可是，你会再来的，带着复仇和荣誉——

1 法国革命期间，伏尔泰和卢梭的尸灰都移葬于巴黎的先贤祠。

你的敌人们将再倾覆；
那一度尝过你圣洁的甘露的人民
总是想再把它啜饮；
仿佛为酒神激得发狂，
他们将苦于渴望而游荡，
直到把你寻得。只有在你的怀抱里，
在平等的荫护下，他们才能安然憩息，
于是幽暗的风暴消逝！
但我将看不到你，啊，光荣、幸福的时日：
我已注定给断头台。我度着最后的时辰。
明天是刑期。刽子手将以扬扬得意的手
对着冷漠的一群人们，
抓住头发，举起我的头。
永别了，朋友们！我的无所归的尸骨
将不会埋在那花园里，是在它的亭荫
我们把无忧的时日用于宴饮和学术。
可是，友人啊，要是你们
还珍惜着对我的追念，
请答应把我临终的这个愿望实现：
悄悄地哀悼我的命运吧，亲爱的，
不要用眼泪惹起对你们的怀疑；
要知道，在我们这时代，眼泪也犯罪：
现在，连弟兄都不敢互相惋惜和安慰。
我还有一个恳求——你们已听了上百遍
我那些倏忽情思的急就章，那些诗篇
是我整个青春的繁复而珍重的遗言：

希望和梦想，眼泪和爱情，啊，朋友，
我的一生全在那些稿纸中。我恳求
你们从阿培尔，从范妮[1]把它们找出；
请把一个纯洁缪斯的贡品收集和保护，
可别向严酷的社会、傲慢的流言透露。
唉，我的头早早掉了，我未成熟的才能
还不曾写出崇高的作品为我赢得名声；
我很快就整个死去。然而，朋友们，
保存那些手稿吧，要是你们珍爱我的灵魂！
等暴风雨过去以后，一群执迷的友好
也许聚会起来，读一下我忠实的手稿，
在久久听过以后，你们会说：这正是他；
这正是他的语言。而我，也许会忘了那
墓中的梦，隐隐走来坐听着你们，
听得出了神，并且把你们的泪啜饮……
也许我又将欢欣于爱情；也许，甚至
我的女囚[2]悒郁而苍白，在听着情诗……"

唱到这里，年轻的歌者暂停下歌喉，
温柔的感情使他垂下了沉郁的头。
他生命的春天，充满了忧烦和爱情，
在他面前掠过。美人的倦慵的眼睛，
歌声、宴饮，热情而欢乐的良宵，

1 阿培尔，我青春之秘密的心腹（哀歌之一）：他是安德烈·谢尼埃的友人。范妮是安德烈·谢尼埃的恋人（见为她而写的颂诗）。——普希金注
2 见《妙龄的女囚》（库阿尼小姐）。——普希金注

一切都活跃地涌现；心儿飘到了
缥缈的远方……诗泉又潺潺地流溢：

“这害人的才能把我引到了哪里？
我本为了爱情与平静的喜悦而生，
为什么却要抛弃平凡生活的阴影，
自由、友人和甜蜜的懒散的时辰？
命运，她抚爱过我的金色的青春；
欢乐以无忧的手给我加过冕，
纯洁的缪斯也分享过我的悠闲。
在喧腾的晚会，我是友人的娇宠，
我曾以悦耳的诗歌和欢笑声
甜蜜地振响着家神护佑的门庭。
有一次，我苦于酒神给予的激动，
忽然另一种火焰在我心中燃起，
终于在清晨，去看我可爱的少女；
她看见我时，不禁愤怒和吃惊，
她一面恫吓，一面泪水充满眼睛，
诅咒我把生命虚掷在酒宴上，
她驱逐我，责备我，跟着又原谅——
啊，那时，我的日子多甜蜜地流过！
我何以抛下这单纯而懒散的生活？
却冲到这里，只面对着致命的灾星，
只面对暴虐的无知、粗野的热情、
愤怒和贪婪！唉，你把我领到了哪里，
我的希望！想想我，一个忠于静谧、

诗和爱情的人！和可鄙的强盗共图，
我该怎么办？可是，我又怎能约束
这倔强的马？怎能带住无力的马缰？
我将留下什么？不过是渺小的狂妄
和热狂的嫉妒，而连这也将被遗忘。
死吧，我的声音；还有你，虚假的幻象，
你啊，文字，空洞的声音……不！
快住口吧，怯懦的怨言！
诗人啊，你该欢乐和自负：
在我们时代的耻辱之前
不要垂下你顺从的头颅；
你唾弃过强大的恶徒，
你的火炬曾愤怒地燃烧，
它以无情的光辉暴露了
统治者的会议的耻辱[1]；
你以诗句把他们鞭挞，
把专制的刽子手们痛责；
你的诗在他们头上嘘过；
你挑起他们：你歌颂了聂美尼达[2]；
你对马拉的祭司们高歌

1 见他的抑扬格诗。
谢尼埃使叛乱者对他怀恨。他歌颂过夏洛蒂·考尔黛，辱骂过科罗·艾尔布，攻击过罗伯斯庇尔。——众所周知，国王曾在一封充满沉着与尊严的语调的信中，请求会议准予他在得到判决的时候得向人民申诉的权利。这封在 1 月 17 至 18 日夜间签名的信是由安德烈·谢尼埃起稿的。（H. 德·拉杜式）——普希金注

2 聂美尼达，又译“涅墨西斯”，希腊神话中的复仇女神。

匕首和少女犹门尼达[1]！
当神圣的老人以麻痹的手
从断头台上救下了戴王冠的头，
你大胆地向他们伸出手去，
啊，这使至高的裁判会议
对你们惊呆，颤抖。
骄傲吧，骄傲吧，歌者；而你，凶残的野兽，
任由你如今戏弄我的头，
它在你的爪中。但是啊，魔鬼，要知道：
我的呼喊，我的狂笑将追逐你不饶！
喝我们的鲜血吧，活着和杀人，
你仍只是渺小的、渺小的侏儒，
你的末日就到了……它已经临近：
你就要倾覆，暴君！愤怒
终必爆发。祖国的哭泣
将把疲惫的命运激起。
现在我去了……是时候了……但你跟着
我；我等待你。”

激动的诗人唱完了歌，
一切归于沉寂。静悄悄的灯火
在曙光之前变为暗淡；
晨曦在牢狱里荡漾，弥漫。而歌者

1 犹门尼达，又译“厄里倪厄斯”，也是希腊神话中的复仇女神，这里指夏洛蒂·考尔黛，她刺死了马拉。马拉在革命期间采取激烈的手段，为诗人所不满。

举目严肃地望着铁栏杆……
突然有喧声。他们来喊叫。希望沉没。
响着钥匙、锁、门闩。
人们呼唤……住手，住手；啊，只一天，一天：
死刑就没有了，人人将获得
自由，而这伟大的公民
就会在伟大的人民中行进。[1]
没人听见。队伍无言地行进。刽子手等着。
但友情给诗人的死亡之路带来了欢欣。[2]
到断头台。他上去。他给光荣以名字。[3]
噢，哭泣吧，哭泣吧，缪斯……

“假如生活欺骗了你”[*]

假如生活欺骗了你，
不要忧郁，也不要愤慨！
不顺心时暂且克制自己，
相信吧，快乐之日就会到来。

---

1 他是在共和历 11 月 8 日被处决的，正是罗伯斯庇尔被推翻前夕。——普希金注

2 载赴刑场的车上除安德烈·谢尼埃外，还有他的朋友诗人鲁雪。他们在临终的一刻谈着诗。对于他们，除了友谊而外，这是世上最美丽的事物了。他们所谈的，他们把最后的热情所寄托的是拉辛。他们要背诵他的诗。他们选择了《安得路玛克》的最后一幕。（H. 德·拉杜式）——普希金注

3 在受刑的地方，他敲着自己的头说：“在这儿，我仍旧有一些东西。”——普希金注

* 这首诗是题在 П. А. 奥西波娃的女儿 Е. Н.（姬姬）· 渥尔夫（1809—1883）的纪念册上的。

我们的心儿憧憬着未来，
现今总是令人悲哀：
一切都是暂时的，转瞬即逝，
而那逝去的将变为可爱。

酒神之歌

为什么欢乐的声音喑哑了？
响起来吧，酒神的重叠的歌唱！
来呀，祝福那些爱过我们的
别人的年轻妻子，祝福柔情的姑娘！
斟吧，把这杯子斟得满满！
把定情的指环，
当啷一声响，
投到杯底去，深入浓郁的琼浆！
让我们举手碰杯，一口气把它饮干！
祝诗神万岁！祝理性光芒万丈！
哦，燃烧吧，你神圣的太阳！
正如在上升的曙光之前，
这一盏油灯变得如此暗淡，
虚假的学识啊，你也就要暗淡、死亡，
在智慧的永恒的太阳前面。
祝太阳万岁，黑暗永远隐藏！

十月十九日[1]

树林脱落了紫色的衣衫，
枯干的田野闪着银白的霜，
白日仿佛不情愿地出现，
随即溜到群山的后面隐藏。
炉火啊，烧吧，在我凄凉的一角，
还有你，酒啊，秋寒的伴侣，
快把酩酊的快慰向胸中倾倒，
我要把深刻的痛苦暂且忘记。

四周冷清清：没有一个朋友
可以和他畅叙久别之情，
或者可以彼此衷心地握着手，
举杯互祝长远的健康、昌盛。
我独自酌饮；在我的脑海中
我枉然呼唤着每一个友伴，
门外听不到熟悉的脚步声，
我的心也没期待他们出现。
我独自酌饮；今天，在涅瓦河边
友人们也会把我的名字提起……
然而，你们可有很多人在欢宴？
你们念到谁没有把数凑齐？

1 10 月 19 日是皇村中学开学的日子。普希金这一班毕业生每年在这一天必在彼得堡相聚庆祝。

有谁背弃了这可喜的传统？
有谁被冷酷的社会引离你们？
在兄弟的叫嚷中，谁已经无声？
谁没有来？谁是那看不到的人？

啊，他不来了，那目光火热的
我们会弹吉他的鬈发的歌手[1]：
他已静静安睡在意大利的
桃金娘花下；而那刻石碑的朋友
也忘了描几个祖国的文字
在这个俄罗斯人的坟墓上，
等北国的游子行经那异邦时
也好感到乡里的温暖和惆怅。

你是否坐在朋友的团聚中了，
好动的人，那么喜欢异域的天空？[2]
是否你又走过了炎热的赤道
和北国海上的永恒的冰层？
幸福的道路！……从中学的门槛
你一步跨上海船，从不知保重，
你的道路从此就铺在海面，
噢，风暴和波浪所钟爱的儿童！

---

1 指克尔沙珂夫，他在 1820 年死于意大利。
2 指马丘式金（1799—1872），航海家，1820—1824 年曾参加北冰洋探险。1825 年 8 月起环行世界。

在你的漫游中，你得以保持
美丽的青春的最初的习性：
在狂暴的浪涛中，你想象那是
中学时代的嬉戏和闹声；
你从海外把手伸向了我们，
你年轻的心只把我们铭记；
你重复着说："也许，未知的命运
注定了我们将永远各自东西！"

朋友啊，我们的联系是美丽的！
它自由、无忧、坚定而永恒，
它像灵魂一样的不可分离，
在友好的缪斯荫护下交互滋生。
无论命运使我们怎样遭劫，
无论幸福把我们向哪儿导引，
我们不会改变：整个的世界
对我们都是异域，除了皇村。

霹雷追着我，一处又一处地
我缠进了乖戾的命运之网；
疲倦了，我以温情的头，战栗地
贴靠在新的友谊的胸上……
我以忧郁而激动的恳求，
我以早年对人的期望和信赖
全心去结交过新的朋友；
然而，我却尝到了苦涩的接待。

而如今，在这被遗忘的山乡，
在风雪和寒冷包围的幽居，
不料有甜蜜的欣慰等我品尝：
你们中的三个，我心灵的伴侣，
我在这里拥抱了。哦，我的普希钦[1]，
这失意诗人的茅舍你首先造访，
你给我凄凉的流放日子以温馨，
你把它变成了中学的时光。

啊，葛尔恰科夫[2]，一向幸福的人！
我赞美你，富贵的寒冷的光
并没有使你背叛自由的心灵，
你仍旧正直，对朋友和从前一样。
命运给我们指定了不同的路程；
一走进生活，我们立刻分道扬镳，
然而，想不到在这乡村的小径，
我们会见了，像兄弟般地拥抱。
当命运的震怒对我肆虐不休，
仿佛无家的孤儿，举目无亲，
在风暴里我低垂了疲惫的头，
我等待你，侍奉诗神的仆人[3]，
而你就来了，噢，我的德里维格！
闲适的灵感之子啊，你的声音

---

1 普希钦是十二月党人，普希金的好友，他在 1825 年 1 月 11 日曾到米海洛夫斯克村访问普希金。
2 葛尔恰科夫在 1825 年 9 月旅途中歇于邻村。普希金曾去和他相见。
3 指诗人德里维格。他在 1825 年 4 月访问过普希金，住有一星期之久。

燃起我久已沉睡的心灵的火，
你使我又兴奋地颂扬命运。

从幼年起，诗魂就在胸中激荡，
我们都体验过那奇异的热情；
从幼年起，两个缪斯朝我们飞翔，
她们的爱抚甘美了我们的宿命：
然而，我爱上掌声，为了它吟诗，
你却骄傲地为了诗神和心灵；
我把才赋和生命都任意虚掷，
你却在幽静里培育自己的诗情。

对缪斯的侍奉不宜于烦嚣，
美的追求应该崇高而庄严：
但青春狡狯地把我们劝告，
是种种喧腾的梦使我们心欢……
等我们清醒了——但已经太迟！
郁郁回顾过去：只是一场空。
维里海姆[1]啊，你我岂不是如此？
告诉我，诗歌和命运同宗的弟兄。

够了，够了！这世界已不值得
我们心灵的痛苦，且让我们抛开

1 维里海姆·久赫里别克尔，诗人，普希金的好友。他曾在巴黎做了一篇谈俄国文学的讲演，触怒沙皇政府，被召回俄国，并不准住在彼得堡。之后（1821—1822）在高加索军中任职，又以决斗事件而退职，被迫卖文为生。

那些迷惘，避居在乡野里过活！
啊，迟迟的友人，我等着你来——
来吧，以你热情的迷人的故事
让我内心的事迹也活跃起来；
让我们谈谈高加索战乱的日子，
谈谈席勒[1]，谈谈声名，谈谈恋爱。

我也就来了……朋友们，欢宴吧！
我已经预见和你们聚首言欢。
请记住一个诗人的预言吧，
再过一年，我就会和你们团圆，
我所梦想的上谕就会发出；
再过一年，我就又在你们面前！
啊，会有多少眼泪，多少欢呼，
多少酒杯高高地举上天！

满满斟上第一杯，朋友，满满的！
为了我们的团结，饮干这一杯！
祝福我们吧，欢欣雀跃的缪斯，
祝福吧，祝皇村中学万岁！
为爱护我们青春的老师的荣耀
（啊，有的健在，有的已经与世长辞）
让我们举起酒盅，向全体致谢，
把怨嫌忘掉，为了他们的恩赐。

1 席勒（1759—1805），德国戏剧家和诗人。

斟满些，再斟满些！心在燃烧，
再一饮而干，别剩一滴，干杯！
这是为了谁？啊，朋友，猜猜瞧……
乌拉，我们的沙皇！对，为沙皇干杯！
他也是个人，他为时势所主宰，
做着人言、猜疑和情欲的奴隶；
让我们宽恕他不义的迫害，
他建立了这个中学，他攻克了巴黎。

快快畅饮吧，趁我们还在世上！
唉，我们的人数每一刻都在稀少；
有的不在了，有的流落在远方，
命运看着我们凋零；时光在飞跑；
我们不知不觉地佝偻，受冷，
渐渐地，我们接近生命的来处……
啊，谁将活得长久，到了老年，
必须独自一个把这日子庆祝？
不幸的朋友！在新的一代中间，
他成了讨厌、陌生而多余的客人，
想起我们，和我们团聚的一天天，
他会以战栗的手掩覆着眼睛……
但愿他高兴的，尽管有些悒郁，
把这个日子在杯酒里消磨，
一如此刻的我，一个受贬的隐士，
无怨而又无忧地把它度过。

夜莺和布谷*

在树林中，在悠闲的夜里，
形形色色的春天的歌手
又是咕噜和呼哨，又是啾啼；
其中，只有布谷絮叨个不休，
很自鸣得意，实则毫无头脑，
唯有布谷才听得头头是道，
它们的回音也是异工同曲。
那哀歌叫得我们真不舒服！
只想拔腿而逃。呜呼，上帝，
让我们躲开号丧的布谷。

冬　晚

风暴把幽暗布满了天空，
空中旋转着雪花的风涛：
风吼着，忽而像是野兽，
忽而又像婴儿的哭号；
它忽而在残旧的屋顶上
把茅草吹得沙沙地响，
忽而又像迟归的旅人
用力敲打我们的门窗。

---

* 本诗嘲笑了当时诗坛上写哀歌的风气。

我们在这颓旧的茅舍里，
屋里凄凉而且幽暗。
我的老妈妈[1]，你怎么了，
默默无言地坐在窗前？
可是听着这旋风的嘶吼，
亲爱的，你渐渐感到疲倦？
还是你纺车的单调的声音
使你不由得在那里困倦？
我们且饮一杯吧，乳妈，
我不幸的青春的好友伴，
以酒消愁吧；那杯子呢？
它会让心里快活一点。
请为我唱支歌，唱那山雀
怎样静静地在海外飞；
请为我唱支歌，唱那少女
怎样在清早出去汲水。

风暴把幽暗布满了天空，
空中旋转着雪花的风涛：
风吼着，忽而像是野兽，
忽而又像婴儿的哭号；
我们且饮一杯吧，乳妈，
我不幸的青春的好友伴，

---

1 指普希金的乳妈阿琳娜·罗吉翁诺夫娜。她伴着诗人在米海洛夫斯克村度过了幽居的岁月。

以酒消愁吧；那杯子呢？
它会让心里快活一点。

风　暴

你可看过岩石上的少女
穿着白衣裙，立于波涛上，
当海水在混乱的幽暗里
和岸石游戏，澎湃和轰响，
当电闪以它紫红的光线
不断地闪出了她的形象，
而海风在冲击和飞旋，
扬起了她的轻飘的云裳？
美丽的是这海，狂暴、阴郁，
闪烁的天空没一块蔚蓝；
但相信吧：岩石上的少女
比波浪、天空、风暴更美观。

“我爱你的朦胧”

我爱你的朦胧，幽深莫测，
和你那秘密的花朵，
你啊，迷人的诗歌中
美好的幻梦！是你们，

诗人啊，使我们相信：
有一群飘忽的幻影
从寒冷的忘川彼岸
飞到这尘世的岸上，
它们冥冥造访的心田
感到一切已不似从前，
于是展开了梦的幻想
安慰那被伴侣遗弃的心；
心啊，既已把永恒品尝，
便在乐园里等待它们，
好似筵席上，有一家人
等待迟来的客人宴飨……

可是，也许，空洞的幻梦，
你会使我穿上了葬服，
弃绝了尘世的一切感情，
而人世间从此和我生疏？
也许，在那儿，一切闪着
不朽的美色和荣光，
纯净的火焰将要吞没
生命的不完美的万象，
这生活的瞬息的感应
我的心里将不再留存，
我将不知道有所惋惜，
而且忘了爱情的忧郁？……

“只有玫瑰枯萎了”

只有玫瑰枯萎了，
她飘溢着神的芬芳，
她的轻盈的灵魂
朝向着乐园飞翔。

那儿，在沉睡的水波
带来寂灭的地方，
她的馥郁的游魂
正在忘川河边开放。

一八二六年

默　认*

我爱你，尽管我自觉羞惭，
尽管我发怒，尽管这种爱情
是枉然的努力，在你的脚前
我得承认这不幸的愚蠢！
这爱情不得体，于年龄也不合……
啊，是时候了，我应该变得
更为明智，可是凭一切特征
我看出这是我心里相思的病！
你不在，我就厌烦——我打呵欠，
面对着你，我忧郁——我为难，
我愿意对你说，可是又羞怯：
“我的天使啊，我多么爱你！”
有时候，从客厅里传出来
你轻盈的脚步，衣裙的窸窣，
或是你少女的天真的话声，
我立刻丧失了所有的理性。
看到你微笑——我感到欢欣，
你转过身去——我立刻苦闷，
折磨一天后，你苍白的手
对我就是值得的报酬。
当你坐着，自如地弯着身
在刺绣架上殷勤地刺绣，

* 本诗是为 П. А. 奥西波娃的女儿阿琳娜而写的。

你的鬈发披垂，灌注着全神——
啊，默默地，我充满了温柔，
像个孩子，欣赏着你的姿态。
我可要对你诉说我的悲哀，
我的忧心忡忡和嫉妒：
每当你有时，尽管天气阴霾，
还要到遥远的地方去散步；
还有你独自一人的落泪，
还有钢琴演奏的小晚会，
还有两人在一隅的谈心，
还有到奥波契加[1]的旅行？……
阿琳娜！请施给我一点怜悯。
我不敢向你请求爱情。
也许，为了我的那些罪愆，
天使啊，我不值得你的爱恋，
请假装一下吧！你的一瞥
永远能奇妙地倾诉一切！
唉，骗一骗我并不很难，
我是多么高兴被你欺骗！

冬天的道路

透过一层轻纱似的薄雾

1 奥波契加，普茨科夫省的城市。

月亮洒下了它的幽光，
它凄清地照着一片林木，
照在林边荒凉的野地上。

在枯索的冬天的道上
三只猎犬拉着雪橇奔跑，
一路上铃声叮当地响，
它响得那么倦人的单调。

从车夫唱着的悠长的歌
能听出乡土的某种心肠；
它时而是粗野的欢乐，
时而是内心的忧伤……

看不见灯火，也看不见
黝黑的茅屋，只有冰雪、荒地……
只有一条里程在眼前
朝我奔来，又向后退去……

我厌倦，忧郁……明天，妮娜，
明天啊，我就坐在炉火边
忘怀于一切，而且只把
亲爱的人儿看个不倦。

我们将等待时钟嘀嗒地
绕完了有节奏的一周，

等午夜使讨厌的人们散去，
那时我们也不会分手。

我忧郁，妮娜：路是如此漫长，
我的车夫也已沉默，困倦，
一路只有车铃单调地响，
浓雾已遮住了月亮的脸。

一八二〇～一八二六年

“啊，火热的讽刺的诗神”

啊，火热的讽刺的诗神！
来吧，我在朝你呼唤！
我不需要轰响的竖琴，
请给我久文纳尔的皮鞭！
我要准备警句的毒汁
不为那饿肚皮的翻译家，
不为诗的冰冷的仿制，
也不为凑韵客不曾作答。
倒霉的诗人们，安静下来！
安静吧，报刊雇佣的爪牙，
安静吧，一群驯服的蠢材！
还有你们，卑鄙小人的伙伴——
站出来吧，你们一群坏蛋，
我要用廉耻把你们鞭笞！
哦，如果这里我忘掉了谁，
请务必提醒我一下，诸位！
噫！有多少苍白无耻的脸，
有多少前额又宽又厚颜，
都等着我的一两行警句
给他们留下不灭的印记！

友　谊

何谓友谊？酒后轻易的烈焰，
说人坏话的自由会谈，
闲来无事和虚荣心的交换，
或者就是遮羞的情面。

一八二七年

寄西伯利亚[*]

在西伯利亚的矿坑深处，
请把高傲的忍耐置于心中：
你们辛酸的工作不白受苦，
崇高理想的追求不会落空。

灾难的忠实姊妹——希望
在幽暗的地下鼓舞人心，
她将把勇气和欢乐激扬：
渴盼的日子就要降临。

爱情和友谊将会穿过
幽暗的铁门，向你们传送，
一如我的自由的高歌
传到了你们苦役的洞中。

沉重的枷锁将被打掉，
牢狱会崩塌——而在门口，
自由将欢欣地把你们拥抱，
弟兄们把利剑交到你们手。

---

* 十二月党人在革命失败后，有百余人被流放到西伯利亚的矿坑中去做苦工。这首诗和《给普希钦》都由尼基达·摩拉维奥夫的妻子带到了西伯利亚。服苦役的十二月党诗人奥多耶夫斯基写了一首诗回答普希金，其中一句“星星之火可以燎原”是以后列宁创办《星火报》命名的来源。

夜莺和玫瑰

园林静悄悄，在春夜的幽暗里，
一只东方的夜莺歌唱在玫瑰花丛。
但可爱的玫瑰没有感觉，毫不注意，
反而在恋歌的赞扬下摇摇入梦。
你不正是这样给冰冷的美人歌唱？
醒来吧，诗人！有什么值得你向往？
她毫不听，也不理解诗人的感情；
你看她鲜艳；你呼唤——却没有回声。

三条泉水*

在人世的凄凉无边的草原上，
秘密地奔流着三条泉水：
一条青春的突泉，急湍而激荡，
它闪着光，淙淙奔跑和滚沸。
卡斯达里的泉水[1]以灵感的浪头
润泽人间草原的流亡者。
最后一道泉水——啊，寂灭的寒流，
它最甘美地止熄心灵的火。

---

* 题名是译者加的。
1 据希腊神话，卡斯达里泉水在缪斯所居的巴纳斯山下，意指诗歌和灵感的泉水。

天　使

在伊甸门口，温柔的天使
低垂着头，闪耀着金光，
而那阴沉好乱的魔鬼
在地狱的深渊里翱翔。

作为否定和怀疑的精灵，
他凝视着那纯洁的神，
于是初次不安地尝到了
不自主的倾心的温馨。

“请原谅，”他说，“我看见你了，
你没有白白对我照耀：
我不再看到天庭就憎恨，
对人间也不一切都轻蔑。”

“在权贵的荣华的圈子中间”

在权贵的荣华的圈子中间
为帝王赏识的诗人有福了。
他有泪也有笑，他会用谎言
给苦涩的真理加上味道，
从而把餍足的口味轻轻挑动，
使贵族的高傲倾向爱名声。

他以歌唱装饰他们的华筵，
然后再听取聪明的颂赞。
而这时，在重重的铁门外，
在黑色的台阶下，一群人民
拥挤着，又被仆役不断逐开，
远一点听着诗人的歌吟。

一八二八年

致友人*

不，我不是谄媚的人，尽管我
对沙皇致以慷慨的赞颂：
我大胆表现了自己的情感，
我以语言发出自己的心声。

我只是单纯地爱惜他：
他精明而正直地治理全国；
他以勤劳的工作、战争、希望[1]，
使俄罗斯突然生气勃勃。

啊，绝不！尽管他年青气盛，
他帝王的心性却不残忍：
那公开受到他的惩罚的
他又暗地里予以宽仁。

我的日子在流放中逝去，
我忍受着和友人的别离，
然而，他向我伸出帝王的手，
看哪——我和你们又在一起。

他尊重我的诗的灵感，

---

* 诗人在 1826 年所写的《四行诗节》使他的朋友们认为他成了沙皇的阿谀者而加以攻讦。本诗即对这种谴责的答复。由于最后三节为沙皇不满，未获准发表。

1 这里的战争指 1826—1828 年间对波斯的战争，俄国获胜。“希望”是指 1826 年 12 月 6 日秘密委员会审议农民地位问题，使诗人对此抱有希望。但这希望并未实现。

他任我的幻想自由奔放，
我的心因此深为感动，
难道不应该将沙皇颂扬？

我阿谀！不，朋友，阿谀的人
是诡诈的：他只给沙皇祸害；
关于沙皇的一切权柄，
他要限制的是他的仁爱。

他会说：蔑视那些人民吧，
窒息天性的温柔的声音。
他会说：什么开明的果实
还不是腐化和叛乱的精神！

多不幸的国家，如果只有
媚臣和奴才包围着皇座，
那时候，即使天选定的歌手
也只得不顾本分而沉默。

回 忆

当喧嚣的一日已经万籁无声，
而在城市的静谧的广场上
飘下了半透明的夜影和梦——
那劳碌的白日的报偿，

这时候，在孤寂中，我却慢慢消耗
异常苦闷的不寐的时刻：
长夜绵绵，那内心的毒蛇的啮咬
反而在胸中烧得更炽热；
幻想在沸腾；不断涌来了忧思万缕
拥聚在沉重的脑海间；
往事的回忆在我的眼前默默地
展开了它的漫长的画卷；
我审视过去的生活，不禁深深憎嫌，
我战栗；我诅咒自己；
我沉痛地怨诉，我痛哭，泪如涌泉，
但却洗不掉悲哀的词句。

你和您*

她一句失言：以亲热的“你”
代替了虚假客气的“您”，
使美妙的幻想立刻浮起，
再也捺不住这钟情的心。
我站在她面前，郁郁地，
怎样也不能把目光移开；
我对她说：“您多么可爱！”

---

* 这是写给艺术学院院长的女儿安娜·奥列尼娜（1808—1888）的。普希金曾向她求过婚，之后又撤销此议。据奥列尼娜说，她对普希金说话时错用了“你”字，第二个星期日诗人就拿来了这首诗。

心里却想："我多么爱你！"

"冷风还在飕飕地吹着"

冷风还在飕飕地吹着，
给草原送来清晨的寒霜。
初春的小小野花只不过
刚刚出现在融雪的地方，
从芬芳的蜜制的窠中，
像来自奇异的东方的王国，
就飞出了第一只蜜蜂，
尽绕着早开的小花嗡营，
它是在打听：美丽的春天——
这尊贵的客人几时来临？
草原是否很快地变绿？
是否在白桦树的枝丛里
很快就长满胶质的嫩叶，
喷香的樱花有没有消息？

她的眼睛*

她很可爱，姑且这么说，
她是宫廷的骑士的灾祸；
可以比得南方的星星，
啊，更赛过南方的诗歌，
是她的吉尔吉斯的眼睛。
就让她大胆地去炫耀吧，
它闪得比火焰更轻盈。
但我认为：我的奥列尼娜
她的眼睛更引人入胜！
那里有多少深思的性灵，
有多少天真的稚气，
有多少缠绵的心意，
多少柔情和多少幻梦！
它含着列尔[1]的微笑垂视，
正是谦卑的格拉茜的绝技；
抬起来呢——拉斐尔的天使
也正是这样仰望着上帝。

---

* 本诗为答维亚谢姆斯基的《黑眼睛》一诗而作。在那首诗里，维亚谢姆斯基歌颂了 A. O. 罗西特的眼睛之美。普希金指的则是安娜·奥列尼娜。

1 列尔，斯拉夫神话中的爱与婚姻之神。

知心的人[*]

你的自述和柔情的抱怨
我热爱其中的每句呼声：
你的话语多么饱和着
那不智而狂暴的热情，
但别再叙述你的故事吧，
把你的梦幻快快收起：
我怕它那烈焰的传染，
我不敢去探悉你的经历！

预　感[1]

静静地，险恶的阴云
又来到我的头上凝聚；
又一次，嫉妒的命运
要示以灾祸，使我畏惧……
我可还对它一样轻蔑？
是否当命运与我为敌，
我还能以青春的骄傲
对它摆出坚强和耐力？

---

* 这首诗是写给 A. Ф. 莎珂列夫斯卡娅的。

1 这首诗是对安娜·奥列尼娜写的。此时诗人因他所写的《安德烈·谢尼埃》一诗以手抄稿流传颇广，引起沙皇政府的不满，有加以迫害之意，所以有此预感。

我被狂暴的生活折磨够，
只淡漠地等待着风险：
也许，这一次我又得救，
又会找到避难的港湾……
然而，预感到我们的分离，
那难免的可怕的一刻，
我的安琪儿，我要快快地
最后一次把你的手紧握。
温柔的、娴静的天使啊，
请悄悄地说一声“再见”，
忧伤吧：任随你仰视
或者低垂下多情的眼，
它将留在我的心灵里；
我将以对你的怀念
取代心中的骄傲、希望、魄力，
以及青年时代的勇敢。

“乌鸦朝着乌鸦飞翔”*

乌鸦朝着乌鸦飞翔，
乌鸦朝着乌鸦号叫：
乌鸦！我们到哪儿午餐？

* 本诗在1829年的集中被题名为“苏格兰的歌”，它是从沃尔特·司各特《苏格兰民歌集》的法译本摘出的，但只有前半部分是翻译出来的。

关于这，可怎么知道？

乌鸦回答乌鸦说：
哪儿有午餐，我知道，
在那田野的柳树下
一个勇士刚刚死掉。

是谁杀死的？为什么？
只有苍鹰它才清楚，
还有那匹黑色的马儿，
还有家里年轻的主妇。

苍鹰已经飞进了树林，
那匹黑马也已病倒，
可是主妇等着迎接
不是死人，是情人的笑。

毒　树

在枯干而贫瘠的荒原上，
酷热灼烤着泥土的地面，
一棵安渣树[1]，像森严的守望，
傲然独立于整个天地间。

---

1 安渣树（АНЧАР）是一种热带树，富有毒性，生长在东印度和马来半岛上。

这干渴的荒原，大自然母亲，
在暴怒的日子把它诞生，
她把毒汁灌给它的根，
又把枝上的死绿喂得茂盛。

毒汁从树皮里滴滴溢出，
日午的炎热把它熔为液体，
到黄昏的时候，它冷固
成为透明的树脂的晶体。

连小鸟都不朝向它飞，
虎也不来——只有黑旋风
有时朝这死亡之树猛吹，
然后跑开，但已染上疫症。

如果有浮游的云擦过去，
把茂密的叶子润泽，
从枝上就流下滴滴毒雨
打在火热的沙地，有如沸锅。

然而，人却能以威严的目光
把别人派到毒树那里，
那人立刻俯顺地前往，
次日一早，带回了毒剂。

他献上了致命的树脂

和叶子已枯萎的枝干，
啊，他苍白的前额尽湿，
汗水流下来有如冷泉。

献完了，接着虚弱地倒在
帐篷里的树皮地面，
这可怜的奴隶于是死在
无敌的主子的脚前。

于是这骄矜的君王[1]
把他的羽箭浸满了毒，
他就向远近的邻邦
把这些死亡的箭射出。

诗人和群众[*]

走开吧，凡俗的人们！

诗人以不经意的手指

1 有的版本作“君王”，有的版本作“公爵”，这是因为普希金在再版时，不得不把“君王”改成“公爵”，以掩饰攻击专制政体的原意。

* 这首诗是对要求普希金写道德的教诲的答复。早在1828年之初，在《莫斯科导报》上就刊载过“严刻的酷评家们”要普希金“宣示道德的训诫”的劝告，而那时普希金还是接近该报编辑部的。不仅在报刊上，而且在社会中，特别在接近沙皇政府的一些人中间，显著地有一种想使诗人成为表现与他格格不入的思想工具，“指导”他的笔服务于实际的目的和利益的企图，远离普希金在其作品中为己所树立的那些理想。就是针对这些人，普希金提出了创作自由。如果把此诗看作是宣扬所谓的“为艺术而艺术”，那无论如何是错误的。这可以由对普希金全部创作的全面观察所否定。(《普希金全集》1950年版编者按语)

在灵感的琴弦上拨弄。
他歌唱——而凡俗的人世，
一些冷漠的、傲慢的群众，
茫茫然围听着他的歌声。

于是呆钝的人群议论说：
“为什么他这样激扬而歌？
发着无益的震耳的音响，
他要把我们引到什么地方？
他弹些什么？教给我们什么？
为什么像固执地玩弄魔术，
他来把人心激动和折磨？
他的歌和轻风一样自如，
但也和轻风一样没有结果：
他究竟给我们什么益处？”

诗　人

住嘴吧，不可理喻的人民，
做日工的、忙于糊口的奴隶，
你们是虫豸，不是天之子，
你们无礼的怨言令人厌腻；
对于你们，实利就是一切，
你们要把阿波罗的石像
也放在秤上去论斤两，
你们看不出它有什么效益。
然而，这大理石可就是神！……

那怎样呢？烹锅更有价值，
你们可以用它烹调饮食。

群　众

不，如果你是天之骄子，
天庭的使者啊，你该使
你的才能为我们谋福利，
对于世道人心有所教益。
不错，我们怯懦，我们狡狯，
毫无廉耻、恶毒、忘恩负义，
我们的心灵冷酷无感，
我们是爱诽谤的蠢才、奴隶，
罪恶团团聚在我们心坎。
但是，你该爱你切近的人，
你可以给我们大胆的教训，
我们会听从你的言语。

诗　人

走开吧！安详歌唱的诗人
和你们能有什么关系？
你们尽量僵化和腐蚀吧，
琴声又怎能使你们复活！
你们像坟墓一样令人厌恶。
由于你们的愚蠢和恶毒，
直到现在，你们还保留
皮鞭、幽暗的牢狱、铁斧——

疯狂的奴才，你们已使人够受！
在你们的喧嚣的市街上
清扫垃圾——多有益的事情！
可是，你们的牧师能不能
暂时忘了祭坛和祀礼，
拿起扫帚来把垃圾清理？
我们歌唱并不是为了
贪婪、战争或世人的狂潮，
我们是为了灵感而生，
为了美妙的音节和祈祷。

“唉，爱情的絮絮的谈心”

唉，爱情的絮絮的谈心
既不能畅达而又简单，
以它那没条理的散文
只教你，安琪儿啊，厌烦。
但沽名钓誉的阿波罗
可爱的少女却喜欢听，
他那韵律和叠唱的歌
她听来却甜蜜而动心。
爱情的倾诉使你吃惊，
你常常撕毁求爱的书简，
可是一篇诗体的信
你却会含笑把它读完。

从今起，但愿我的才赋
能够成为命运的祝福。
唉，在这生命的荒原
虽然它培育心灵的火焰，
迄今却只招惹来迫害，
…………
或是幽禁，或是诽谤，
也偶尔有冷冷的赞扬。

“你悒郁的幻想”*

你悒郁的幻想要是把谁
固执地选中，他真够幸福：
你会整个为爱情而迷醉，
只听他的眼神的摆布；
但是啊，也有人最可怜惜：
要是他默默地燃着情火
只能对你垂着头，嫉妒地
倾听你的冷静的解说。

* 本诗从 1956 年版本译出。它所写的人可能是 A. Ф. 莎珂列夫斯卡娅。

一八二九年

征　象*

我来看你，一群活跃的梦
跟在我后面嬉笑，飞旋，
而月亮在我右边移动，
也健步如飞，和我相伴。

我走开了，另外一些梦……
我钟情的心充满了忧郁，
而月亮在我的左上空
缓缓地伴着我踱回家去。

我们诗人在孤独中
永远沉湎于一些幻想，
因此，就把迷信的征象
也织入了我们的感情。

---

* 关于这首诗，A. П. 克恩写道："几天之后，他在晚间来了，坐在小小的石凳上（那石凳，现在我是当作圣物一样保留着），在一张短笺上写了'我来看你……'这首诗。写完以后，他以嘹亮的声音把它读给我听。读到'而月亮在我的左上空……'的时候，他笑着说，'自然月亮是在左边，因为我是走回去了'。"

仿哈菲斯[1]

（在幼发拉底河畔的军营）

别迷于战场的荣誉吧，
啊，英俊的青年！
别和那一群卡拉巴人[2]
投入流血的争战！
虽然我知道，死亡不会
碰上你，阿兹拉伊[3]
在剑光中看到你的英俊
也许轻轻放过你！
但是我恐怕：在战争中
你受到另一种损害：
从此丢失了羞怯的谦谨，
那稚子之美永不再来！

“当我以匿名的讽刺诗”[*]

当我以匿名的讽刺诗

1 哈菲斯，又译“哈菲兹”，十四世纪的波斯抒情诗人。这首诗是仿哈菲斯之作。它是写给一个伊斯兰教青年法尔甘·别克的，他在高加索骑兵队中服役，普希金曾为他画了一幅肖像。

2 卡拉巴是高加索南端的古汗国，为山民所聚居。

3 阿兹拉伊，是犹太神话中的死亡之神，他负责把人的躯体和灵魂分开。

* 在 1829 年第八期的《欧罗巴导报》上，发表了一篇纳杰日金论《波尔塔瓦》的文章。他提到普希金说：“他热衷于刻毒的小诗和谩骂。”本诗为其答复。

抹黑了左依尔[1]的面目，
应该承认：我没有预期
他对这挑战还要答复。
我听到的传言可是真？
他要反驳吗？居然这样？
难道我的傻瓜竟招认
他是挨了我一记耳光？

旅途的怨言

在世上我还得漫游多久，
一会儿坐马车，一会儿骑马跑，
一会儿坐驿车，一会儿坐轿车，
一会儿坐雪橇，一会儿又动脚？

不是在世代的巢穴里，
也不在祖先埋葬的坟场，
老天早已注定了，多半是
我将死在宽阔的大路上，

或在山上被车轮子碾过，
在碎石路上被马蹄践踏，
或者在水冲的深沟里，

1 左依尔，纪元前 4 世纪希腊的酷评家。

淹死在坍塌的桥梁底下。

或者黑死病把我钩去，
或者让冰雪把我冻挺，
或者被拦路杆子打上前额，
我啊，本来有病，动转不灵。

或者在树林，强盗一挥刀
使我丧命在路旁的草地，
或者在什么检疫所中
由于整天无聊而倒毙。

唉，我还得多久带着饥愁
挨过那强制的斋戒期，
对着雅尔[1]调味的麦蕈菌
冷牛肉便浮上了记忆？

那该是多快意：就固定下，
在麦斯尼兹卡街[2]来回驰驱，
闲暇的时候就盘算
乡下的田产和未婚妻！

那多么快意：饮饮甜酒，
夜晚做梦，早晨喝茶；

1 莫斯科的饭馆名。
2 莫斯科的街道。

多么快意啊，朋友，在家里！……
好，那么去吧，追赶一下！……

冬天的早晨

冰霜和阳光：多美妙的白天！
妩媚的朋友，你却在安眠；
是时候了，美人儿，醒来吧！
快睁开被安乐闭上的睡眼，
请出来吧，作为北方的晨星，
来会见北国的朝霞女神！

昨夜，你记得，风雪在飞旋，
险恶的天空笼罩一层幽暗；
遮在乌云后发黄的月亮
像是夜空里苍白的斑点，
而你闷坐着，百无聊赖——
可是现在……啊，请看看窗外：

在蔚蓝的天空下，像绒毯
灿烂耀目地在原野上铺展，
茫茫一片白雪闪着阳光，
只有透明的树林在发暗，
还有枞树枝子透过白霜
泛出绿色：冻结的小河晶亮。

整个居室被琥珀的光辉
照得通明。刚生的炉火内
发出愉快的噼啪的声响，
这时，躺在床上遐想可真够美。
然而，你是否该叫人及早
把棕色的马套上雪橇！

亲爱的朋友，一路轻捷
让我们滑过清晨的雪，
任着烈性的马儿奔跑，
让我们访问那空旷的田野，
那不久以前葳蕤的树林，
那河岸，对我是多么可亲。

“我爱过你”

我爱过你：也许，这爱情的火焰
还没有完全在我心里止熄；
可是，别让这爱情再使你忧烦——
我不愿有什么引起你的悒郁。
我默默地，无望地爱着你，
有时苦于羞怯，又为嫉妒暗伤，
我爱得那么温存，那么专一；
啊，但愿别人爱你也是这样。

“我们走吧，朋友”*

我们走吧，朋友，无论是到哪里，
只要你们想去的地方，我都愿意
到处跟着，只要和那骄人儿离远：
是不是要到遥远的中国长城边，
或者喧腾的巴黎，或者那一处：
塔索[1]已不再歌唱午夜的船夫，
古城的繁华已在灰烬下安睡，
只有柏树林子还散发着香味？
哪儿都行。我们走吧……只是，请问：
我的热情会不会在漂泊中消沉？
我可会冷落这骄傲、磨人的少女？
或者在她脚下，对她幼稚的怒气，
仍旧和往常一样，奉献我的爱情？
…………

“每当我在喧哗的市街漫步”

每当我在喧哗的市街漫步，
或者走进了人多的教堂。
或者，和少年们狂欢共处，
我总是私下里有所玄想。

---

* 普希金此时追逐龚佳罗娃，并向她求婚，但被拒绝。他很想到国外旅行，但也为警察总监宾肯道尔夫所不准。

1 塔索，16 世纪的意大利诗人，著有《解放了的耶路撒冷》。

我想，岁月飞逝得无影无踪；
看哪，无论这里有多少人，
我们终归同走进永恒之圆拱——
而有些人的期限已经临近。

每当我看见孤立的老橡树，
我会想：啊，树林的老祖宗，
它既已越过祖祖辈辈而留伫
必将活过我被遗忘的一生。

每当我和可爱的幼儿亲昵，
心里已经在向他说：别了，
我必须让出我的一席之地，
我腐烂的时候你活得正茂。

每过一天，每过一个时刻，
我的脑海总萦绕着思绪，
在那些时间里，我试图猜测
何时是我未来的周年祭？

命运选择哪里让我归去？
是战场，是海上，还是异土？
也许是那附近的谷溪
将要容纳我寒冷的遗骨？

虽然对于无知觉的尸体

在哪里腐烂都是一样，
但是，我仍旧愿意安息于
靠近我所喜爱的地方。

但愿有年幼的生命嬉戏，
欢笑在我的墓门之前，
但愿冷漠的自然在那里
以永远的美色向人示艳。

雪　崩

水浪打在阴郁的山岩上，
碎成四溅的泡沫，发出巨响。
苍鹰在我的头上鸣叫、呼应，
飒飒的松林在幽怨；
披着一层暗纱，那崇高的峻岭
冰雪的银光闪闪。

从那里，有一次，积累的冰雪
忽然崩裂，轰隆隆向下倾泻，
它立刻堵塞在那峭壁之间
深谷的夹道，
而捷列克河的汹涌的波澜
也不再奔跑。

突然间，你筋疲力尽，安静了，

捷列克河啊，你停止了咆哮：
但折回的波浪怒气不消，
冰雪又被你捣穿，
你以加倍的凶残淹没了
自己的两岸。

于是久久地，崩裂的冰层
以不消融的体积压在河中，
但愤怒的捷列克从底下冲过，
它以喷溅的水尘
和喧腾澎湃的泡沫，泼打着
这冷冰冰的苍穹。

于是沿河打通了一条大路：
马在上面驰奔，牛拖着慢步，
那牵着骆驼的草原的行商
走过这段路途，
但如今只有风神，那空中之王，
在这儿飞舞。

“当那声势滔滔的人言”*

当那声势滔滔的人言

* 本诗是为 A. Ф. 莎珂列夫斯卡娅写的。

也不饶过你小小的年纪，
社交界下了它的判决：
你从此丧失荣誉的权利。

只有我，在冷酷的人世上
独自分担了你的苦痛，
为了你，我向无情的偶像
白白地祈祷和求情。

但社会无动于衷……它不肯
更改它的残酷的判决：
它并不要惩罚不端的品行，
只要你能做得秘而不宣。

无论是它虚荣的钟爱，
还是它的伪善的打击，
都该报之以轻蔑的对待，
请你的心把这一切忘记；

舍弃那灿烂、窒息的角落吧，
别再啜饮它苦恼的毒鸩，
也别参与那疯狂的游乐：
这里有你的一个友人。

一八三〇年

“我的名字”*

我的名字对你能意味什么?
它将死去，像溅在遥远的岸上
那海浪的凄凉的声音，
像是夜晚的森林的幽响。

在这留作纪念的册页上，
它留下的是死沉沉的痕迹，
就仿佛墓碑上的一些花纹，
记载着人所不懂的言语。

它说些什么?早就遗忘了
在新鲜的骚扰和激动里，
对你的心灵，它不能提示
一种纯洁的、柔情的回忆。

然而，在孤独而凄凉之日，
你会悒郁地念出我的姓名;
你会说，有人在怀念我，
在世上，我还活在你的心灵……

---

* 本诗是写在 K. A. 索班斯卡娅（1794—1885）的纪念册上的。

致权贵[*]

（莫斯科）

只等田野上轻柔的风刚刚吹拂，
给这人世间解除了北方的枷锁；
只等第一株菩提树泛出绿色，
你啊，阿里斯吉帕[1]的殷勤的继承者，
我就去看你；我将去看那宫院，
看建筑师的圆规、雕刻刀、调色板
怎样迎合了你讲究的怪癖，
怎样充满灵感，争显各自的魅力。

幸福的人，你懂得生活的目的，
你为生活而生活。早自幼年起，
你就会变换自己明朗的长长一生，
和生活适度地嬉戏，不超出可能。
你顺序地享有了官职和娱乐。
作为戴王冠的女人[2]的年轻使者
你访问了弗内——那个讽世的老叟[3]

---

* 本诗是写给凯瑟琳时代的权贵 Н. Б. 尤苏波夫公爵（1751—1831）的。他在少年时任外交官，遍历英、法、西、意等国。他邀请普希金到他莫斯科附近的田庄阿尔罕盖里斯克去住，本诗即其答复。初发表时，有人认为普希金阿谀权贵，不止一次在杂志上加以攻击。本诗写出了法国革命前后欧洲历史面貌的变革。

1 阿里斯吉帕，古希腊哲学家，主张人生享乐。

2 指凯瑟琳女皇。

3 指伏尔泰，法国唯物主义思想家和讽刺作家。

钻营而大胆，心智和时尚的领袖，
他爱在北国伸展自己的权力，
他以坟墓的声音和蔼地招呼你。
他把过多的欢愉向你尽情倾倒，
你尝过他的阿谀，人间神仙的饮料。
刚离开弗内，你又看到了凡尔赛。
在那儿，大家正欢腾，没有人向未来
投出预见的一瞥。年轻的阿尔米达[1]
首先发出信号提倡欢乐与豪华，
还不知道命运将给她什么宣告，
只在轻浮的宫廷的氛围中笑闹。
你可记得垂阿农[2]和喧腾的欢愉？
可是，你没有被它甘蜜的毒所萎靡；
博学鸿儒适时地成了你的偶像：
你隐居起来。在你严肃的筵席上，
有敬神的，有怀疑论的，有无神论的，
狄德罗[3]坐在他摇摆的三脚椅，
激动得除去了假发，还闭着眼睛
向人们宣讲。你一面慢慢把酒啜饮，
一面静听着自然神教或无神论，
像一个倾听雅典诡辩家的野蛮人。

---

1 阿尔米达，意大利诗人塔索所著《解放了的耶路撒冷》中的美女，以魔法迷醉了许多武士。这里指法国皇后玛丽·安托瓦内特，大革命时被处死。

2 垂阿农，凡尔赛宫中的花园凉亭，皇家游乐之所。

3 狄德罗（1713—1784），法国唯物主义哲学家，《百科全书》的奠基人和主编。

可是伦敦唤去你的视听。勤勉地，
你的眼睛考察着它两院的会议[1]：
这儿热烈的攻讦，那儿严峻的反击，
啊，正是新兴文明的无畏的动力。

也许是，厌倦了吝啬的泰晤士河，
你想要更做远游。这时，殷勤而活泼，
快乐的鲍玛晒[2]出现在你面前，
正像他所写的奇异的主人公一般。
他猜透你的心意：以迷人的辞藻
他开始讲起了女人的眼睛和脚，
讲起那个国度的逸乐，它的天空
永远清朗，生活懒散而且纵情，
有如少年炽热的梦，充满了狂喜；
那儿的女人夜晚在阳台上伫立，
张望着，也不怕西班牙丈夫嫉妒，
而对异邦人微笑地聆听和招呼。
于是你，兴奋地，向着西维拉[3]飞翔。
啊，那迷人的国度，幸福的地方！
那儿月桂在摇摆，橘子熟得红润……
好，请讲给我听吧，那儿的女人
怎样把爱情和信仰结合得巧妙，
并在面网下做出密约的暗号；

1 指英国国会上下两院。
2 鲍玛晒（1732—1799），法国喜剧作家。
3 西维拉，即西维里亚，西班牙古称。

一封信简怎样从栅栏里投掷，
黄金怎样缓和了姑母的监视；
告诉我：怎样在窗下，披着斗篷，
一个二十岁的恋人战栗和沸腾。

一切改变了。你看到风暴的旋涡，
一切覆没、智慧和愤怒相结合；
你看到凶狠的“自由”制定的法律，
凡尔赛、垂阿农伏在断头台里，
歌舞升平为幽暗的恐怖所替代。
在新的荣誉轰响下，世界已经更改。
弗内早沉寂了。你的朋友伏尔泰，
世道无常在他身上看得最明白：
即使在墓穴里，他也得不到安宁，
直到今天，还从墓穴到墓穴旅行[1]。
欧里巴、莫尔雷、狄德罗、哈里亚尼[2]，
那些百科全书派的怀疑的悲泣，
尖刻的鲍玛晒，你的扁鼻子卡斯齐[3]，
一切，一切过去了。别人再也不提起
他们的见解、议论、激情。看，在你周围，
新的事物在沸腾，旧的整个摧毁。
眼看昨天的一切都覆没无踪，

1 伏尔泰的骨灰在法国革命时期自西里尔寺院迁入先贤祠中，以示崇敬。帝室复辟后，又被扬弃于垃圾堆中。
2 欧里巴（1723—1789），法国唯物主义哲学家。莫尔雷（1727—1819），法国哲学家，经济学家，《百科全书》编辑。哈里亚尼（1728—1787），意大利作家及经济学家，百科全书派。
3 卡斯齐（1724—1803），意大利诗人，著有讽刺及爱情诗。

年轻的一代人很难保持冷静。
他们忙于总结、核算，为了采集
最近一场残酷的经验的果实。
他们没时间诙谐，和捷米拉[1]宴饮，
或者谈诗。那新的歌，奇异的竖琴，
拜伦的声音还不能使他们迷恋。

只有你如旧。一迈进你的门槛，
我立刻跨入了凯瑟琳的时日。
你那些雕像、绘画，宽阔的藏书室
和修整的亭园都在对我证明
你对于缪斯多么静静地倾心。
在高贵的悠闲中，你对她们向往。
我听着你谈话：你的谈吐流畅
而又充满青春的热。你深感到
美的力量。你激动地议论起了
阿里亚别娃的丰采，龚佳罗娃的魅力[2]，
你潇洒地伴着康瓦尔、科列奇[3]，
无意参与世俗的纷扰；只有时
你从窗口讥笑地望着扰攘的人世，
你看到一切是周而复始地循环。

正是如此，罗马贵族伴着安乐的悠闲

1 捷米拉，牧歌中美女的名字。
2 阿里亚别娃（1812—1891），莫斯科美人。龚佳罗娃（1812—1863），普希金未来的妻子。
3 康瓦尔（1787—1874），英国诗人。科列奇，16世纪意大利画家。

和缪斯，在云斑浴池和大理石宫殿里，
避开世务的旋风，度过没落的前夕。
从远道来访的，有演说家，有将军，
有阴沉的独裁者或年轻的执政，
他们住一两天，奢华地憩息一阵，
感叹一下这港湾，便又迈上旅程。

工　作*

我热望的时刻来到了：多年的工作已告竣。
为什么有一种不可解的沉郁悄悄袭进我的心？
可是因为我功业告成，便像个无用的短工
取得报酬后呆立着，对别的活计都很陌生？
或者因为我恋恋不舍这深夜的沉默的心腹，
这金色的黎明的伴侣，神圣的家神的守护？

告　别[1]

最后一次了，在我的心头
我拥抱着你可爱的倩影，
并以全力唤起那心灵的梦，

---

* 诗人写完了《叶甫盖尼·奥涅金》，有感而成此篇。
1 这首诗是为 E. K. 渥隆佐娃写的。

我带着怯懦的温柔
郁郁地回忆着你的爱情。

我们的岁月迅速更替，
它改变一切，也变了我们，
而今你，对于你的诗人，
已遮在坟墓的幽暗里，
对于你，他也已经不存。

遥远的女友啊，请接受
我这深心道出的珍重，
一如寡妇告别了亡人，
一如默默地拥抱一个朋友，
然后他就永远被幽禁。

不寐章

我辗转不眠，又没有灯火，
一片漆黑和死寂包围着我，
在我附近，只有嘀嗒的钟声
伴着那令人厌倦的梦。
这命运的老妇似的低语，
这沉睡的深宵的战栗，
这生活，像灰鼠似的奔跑……
为什么你要来把我烦扰？

倦人的低语啊，你说着什么？
你可是在抱怨，还是谴责
我让日子白白地溜走！
你可是对我有什么要求？
你是在预言？还是呼唤我？
我愿意知道你的含义，
这一夜，我正上下而求索……

英　雄*

真理是什么？

友　人

是的，声誉任性地浮荡。
像燃烧的语言，它只去到
它所选中的头上飞翔，
今天在这人头上不见了，
明天又在那人头上缭绕。
不可思议的世人总惯于
顺从地追踪着新奇；
但对于我们，那一团火

* 本诗在诗人生时匿名发表。结尾注明的日期，并不是写作的日期，而是尼古拉一世到达猩红热流行的莫斯科那一天。普希金想以此引起沙皇对受难民众的关怀。“真理是什么？”据说是罗马总督皮拉特质问耶稣的一句话。本诗结尾，有暗示尼古拉应宽赦十二月党人之意。

燎过的前额，却成为神圣。
无论在战场，或在皇座，
在声誉的那一串选民中，
谁最能够降服你的心？

诗　人

啊，永远是他——一个异邦人[1]
他好战，曾经使帝王屈膝，
他，戴着“自由”冠冕的将军，
已像晨曦的阴影一样逝去。

友　人

是什么时候，他奇异的星
撼动你的神志，使你吃惊？
可是那时候，当他立于
阿尔比斯山的峰顶，
望着神圣的意大利的谷溪；
可是当他掌握了大旗
或独裁者的王杖？或者
是当他在附近和远方
到处燃起了冲锋的战火，
一连串的胜利在他头上翱翔？
可是那时候，当这个英雄
把队伍炫耀在金字塔前，

1　指拿破仑。

或者是当莫斯科的荒城
以火光迎接他，默默无言？

诗　人

不是的。我看到的他不是
在战场，或在幸运的怀中，
也不当他是凯撒的螟蛉，
或当他坐在孤岛的岩石
一面忍受静谧的酷刑，
一面紧裹着他的战袍，
受着虚假的英名的嘲笑，
却等着死去，动也不动。
不，我看见的不是这情景！
我看见的是一长列病床[1]
每张床上一具活的尸身：
是黑死病，疾病的女王，
深深印上了每一个病人……
而他呢，对着非战斗的死亡
皱了皱眉，从每只床走过，
冷静地和疫病之手紧握；
因此，他给临死者的心灵
注入了勇气……我敢说：
谁要能和自己的生命

1　拿破仑在非洲战役中，曾在亚费访问黑死病医院。据说，为了安慰病人，他曾握过几个人的手。

在恶病之前儿戏，只为着
使垂死的眼神发出欢乐，
我发誓：他就是天庭的友人，
无论盲目的尘世的裁判
怎么样说……

友　人

啊，诗人的梦幻！
严刻的史家会把它驱散[1]。
啊，他的声音一旦传扬，
世人的迷信向哪儿躲藏？

诗　人

那么，让真理之光见鬼去，
假如只有冷酷的庸俗，
那嫉妒美德、渴求罪孽的，
能快活地宴飨它——不，不！
对于我来说，崇高的欺骗，
胜过卑劣的真理的幽暗……
别损害英雄的心吧！没有心
他成了什么？不过是暴君……

1　据布里安的回忆录（后来证明是伪造的）说，拿破仑没有访问过黑死病医院。

友 人

你在宽慰自己……

一八三〇年十月二十九日
莫斯科

“为了遥远的祖国的海岸”

为了遥远的祖国的海岸
你离去了这异邦的土地；
在那悲哀难忘的一刻，
我对着你久久地哭泣。
我伸出了冰冷的双手
枉然想要把你留住，
我呻吟着，恳求不要打断
这可怕的别离的痛苦。

然而你竟移去了嘴唇，
断然割舍了痛苦的一吻，
你要我去到另一个地方，
从这幽暗的流放里脱身。
你说过：“我们后会有期，
在永远的蓝天下，让我们
在橄榄树荫里，我的朋友，

再一次结合爱情的吻。”
但是，唉，就在那个地方，
天空还闪着蔚蓝的光辉，
橄榄树的阴影铺在水上，
而你却永远静静地安睡。
你的秀色和你的苦痛
都已在墓瓮中化为乌有，
随之相会的一吻也完了……
但我等着它，它跟在你后……

“有时候，当往事的回忆”*

有时候，当往事的回忆
在暗暗地啮咬我的心，
而已遥远的痛苦、忧郁，
像幽灵，又来向我叩问；
有时候，看见到处的人们，
我就想到荒野去隐居，
我憎恨他们软弱的音响——
这时，我要忘情地飞往的
不是那一个明媚之邦
天空闪着难言的蔚蓝，

* 本诗未写完。其中所写的荒凉海岛，很像是索罗维斯基岛，亚历山大一世曾一度想把普希金流放到那里。

尽管它那温暖的海波
向着发黄的大理石泼溅，
尽管月桂和郁郁的杉柏
在那儿繁茂地随地生长，
而庄严的塔索曾经歌唱；
甚至如今，在幽暗的夜晚，
远远的，那振响的山岩
还把舟子的低音歌回荡。
不，我经常梦见飞往
寒冷的北国的波涛。
越过一片翻腾的白浪，
我看见一个开阔的小岛。
啊，凄凉的海岛——在岸边
从生着严冬的越橘，
它布满了枯萎的苔藓，
受着寒冷的泡沫冲洗。
有时候，北国的渔人
就在那里大胆地停靠，
他把潮湿的渔网铺陈，
并且安排下他的炉灶。
而狂暴的气候将把我的
脆弱的小船掀到那里
…………

一八三二年

美 人*

她的一切都和谐、珍异，
一切超升于激越的世情；
她只怯懦地静止在那里，
她的美色已超凡入圣；
她扫视一眼云集的仕女，
既没有对手，也没有侣伴；
啊，我们一圈苍白的艳丽
都已在她的光彩下消散。

无论你忙着去做什么，
尽管是去和情人会见，
无论你的心里宴飨着
怎样秘密的珍贵的梦幻，
可是碰见了她，你会迷惘，
并立刻不自主地呆住，
你会虔诚地充满了景仰
对着这神圣美妙的造物。

---

* 本诗是写在 E. M. 莎瓦多夫斯卡娅（1807—1874）的纪念册里的，她以美著称。

纪念册题词

受着命运的专制的迫害，
我远远离开豪华的莫斯科，
我将依依地怀念那所在，
因为您在那儿蓬勃地生活。
都城的喧声扰得我厌烦，
住在那儿时我经常忧郁——
只有对您的不断的怀念
将使莫斯科浮上我的记忆。

一八三三年

秋

（断　章）

有什么不来到我梦寐的脑中？
——杰尔查文

（一）

十月降临了——林中杈丫的树枝
已经摇落了最后的一片枯叶。
秋寒吹拂着——道路都已封冻，
磨坊后的小河还潺潺地流泻，
但池塘已经冻结。我的邻居
正赶忙去到远处的山野里打猎；
啊，玩兴多么浓，冬麦可苦不堪言，
猎犬的吠声激荡在沉睡的林间。

（二）

这才是我的季节；我不爱春天，
我病春：解冻、湿臭、泥泞，令我厌恶；
血在跳荡；情感和思想郁郁不宁；
严酷的冬天比较使我心满意足。
我爱冬天的雪：在月下，伴着女友，
坐上雪橇奔驰——是多么轻快、自如！
而她，在貂皮下温暖焕发，伸过手
紧紧握着你的：啊，火热而且颤抖！

（三）

那是多么畅快，脚蹬着锋利的冰刀
在凝固的平滑如镜的河面上滑行！
还有冬节的那多彩的热闹和欢愉！……
不过，也别说得过分：雪下个不停。
这个，老实说，即使是惯于穴居者，
大熊也终于厌倦。我们不可能一生
都和年轻的阿尔米达在雪橇上翻滚，
也不能老关在双层窗里，在炉边打盹。

（四）

啊，美丽的夏天！我也许会喜欢你，
假如并不炎热，没有灰尘、蚊子和苍蝇。
你折磨我们，使我们的心智瘫痪，
像田地，我们苦于干旱，情思都不醒，
似乎只有灌水来复苏。唉，我们心里
不想别的，只把冬天老妈妈思念不停：
刚刚用薄饼和美酒送她到了西天，
便又发明冷饮和冰食，来把她悼念！

（五）

人们常常诅咒秋季临末的日子，
然而我，亲爱的读者，却不能同意：
我爱她静谧的美，那么温和而明媚，
就像个孩子，虽然不讨家里人欢喜，

却偏使我疼爱。让我坦白地说吧：
一年四季中，只有秋季和我相宜。
她有很多好处：而我像不虚荣的恋人
执拗地想象她有些什么称我的心。

（六）

应该怎样解说呢？我对她的爱情
就好像，有时候，你也许会属意于
一个肺结核的姑娘：她就要死了
可怜的人儿没有怨尤，没有怒气，
而恹恹枯萎；她的唇边还露着微笑，
墓门已经张开口，她却没有在意：
她的两颊仍旧泛着鲜艳的红润，
今天她还活着——明天呢，香消玉殒。

（七）

啊，忧郁的季节！多么撩人眼睛！
我迷于你的行将告别的容颜；
我爱大自然凋谢的万种姿色，
树林披上华服，紫红和金光闪闪——
在林荫里，凉风习习，树叶在喧响，
天空笼罩着一层轻纱似的幽暗，
还有那稀见的阳光，寒霜初落：
苍迈的冬天远远地送来了恫吓。

（八）

每逢秋天来临，我就重新蓬勃，
俄罗斯的寒冷有益于我的健康；
对于日常生活我又开始发生兴趣，
不断地饥饿，睡梦一连串地翱翔。
血液在我心里欢愉地轻快地跳跃，
我又感到幸福、年轻，沸腾着欲望。
我又充满了生命——这就是我的体质
（请原谅，我不必要地提起这些俗事）。

（九）

我叫人把马牵来，它载着骑马的人
摆着鬃毛，向一片辽阔的荒野驰奔。
在闪亮的马蹄下，冻结的山谷响着
清脆的嗒嗒和薄冰爆裂的声音。
但白日一闪而过。久已忘却的壁炉
又烧起来了——它时而烧得通明，
时而微红——我则拿本书坐在炉边，
或者把深长的思索在心里盘算。

（十）

在甜蜜的静谧中，我忘了世界，
我让自己的幻想把我悠悠催眠。
这时候，诗情开始蓬勃和苏醒，
我的心灵充塞着抒情的火焰；

它战栗、呼唤，如醉如痴地想要
倾泻出来，想要得到自由的表现——
一群幻影朝我拥来，似生而又熟识，
是我久已孕育的想象的果实。

（十一）

于是思潮在脑中大胆地波动，
轻快的韵律驾着它的波涛跑开；
啊，手忙着去就笔，笔忙着去就纸，
一刹那间——诗章已滔滔地流出来。
这好像一只船，原来安睡在死水上，
可是，听！突然水手们行动飞快，
爬上，爬下——于是船帆鼓满了风，
这庞然大物冲破波浪，走上航程。

（十二）

它航行着，可是往哪里去呢？……

“天啊，别让我发了疯”

天啊，别让我发了疯。
不，宁可要木杖，讨饭袋；
不，宁可工作和挨饿。
并不是因为我珍爱
我的理性；并不是因为

我不愿意理性退位：

如果能够随心所欲，
我多么愿意嬉戏着
投入那幽暗的森林！
我愿意热呓而狂歌，
我愿意使自己昏迷
在胡乱而神奇的梦里。

而我会倾听着波浪，
我会满心都是快乐
望着那辽阔的天空，
我会自由，精力蓬勃，
我会像那猛烈的旋风
把田野树林都摇动。

但不幸的是：发了疯
你就像瘟疫般可怕，
人们立刻把你关起，
还戴上锁链，当你傻瓜；
于是隔着铁栅，像野兽，
人们过来和你挑逗。

而且，夜里听到的不是
夜莺的嘹亮的歌唱，
或树林悠悠的喧腾，

而只是同伴的叫嚷，
和值夜看守的骂喊，
尖叫声和哗哗的铁链。

“像一层斑驳的轻纱”

像一层斑驳的轻纱，
银白的雪在田野闪烁；
月亮在照耀，一辆三驾车
在大道上急急地驰过。

唱吧：旅途是这样沉闷；
在路上，在幽暗的夜里，
一支嘹亮而豪迈的歌，
这乡音对我异常甜蜜。

唱吧，车夫！我默默地
贪婪地聆听你的歌唱。
月亮洒下寒冷的清辉，
风在远方号叫得忧伤。

唱吧：“柴秆啊，小柴秆啊，[1]
为什么你不烧得明亮？”

1 俄国农民烧柴秆用作灯光。

一八三四年

“他生活在我们中间”*

他生活在我们中间，
在对他是异族的人们中间。但是
他对我们并没有怀着恶意。而我们
爱他。安详地，友善地，他参加了
我们的会谈。我们和他共同享受
纯洁的梦想和歌唱（他的诗歌
赋有神的灵感，他从高处望着生活）。
常常地，他和我们谈着将来，谈着
那么一天：民族间忘了彼此的争端，
开始结合成为一个伟大的家族。
我们都倾心地聆听着诗人。他走了
去到西方——我们又以无限的祝福
给他送别。然而，现在，我们的佳宾
却变成我们的敌人。他为了迎合
狂暴而嚣张的人群，竟以恶毒
注入他的诗句。远远地，我们听到
恶毒的诗人的声音。啊，那是多么
熟悉的声音！……上帝啊，请用你的
真理与和平，净化他的心吧。

---

* 普希金在 1833 年秋季看到了波兰诗人密茨凯维支在巴黎印行的四卷诗集，其中有嘲讽俄国的政治讽刺诗及《给俄罗斯的朋友们》一诗，尤其是后者引起了普希金作这首诗。

黑心的乔治之歌

不是两只狼在山谷里相咬，
是父子两人在洞穴里争吵。
老彼得罗骂他的儿子说：
“你这反叛，你这该死的恶徒！
你不怕神主吗？你凭什么
能跟土耳其苏丹争胜负？
你敢和白城的巴夏开火？
你可是长了两个脑袋？
送你自家的命去吧，恶魔，
但为什么要害全塞尔比亚？”
乔治阴沉地回答他：
“老头子，你明明老糊涂了，
要是你狂吠这无理的话。”
老彼得罗气得更厉害了，
他更激烈地吵闹、詈骂。
他说要到白城，把逆子
交给土耳其人，还要告发
塞尔比人隐藏的地方。
他走出了幽暗的山洞，
乔治就从后面追赶上：
“回来吧，爸爸，回来吧！
饶恕我那不由己的话。”
老彼得罗不理，尽自嚷道：
“你瞧着我的吧，强盗！”

儿子接着跑到老头前面，
跪到了老头儿的脚前。
老彼得罗对儿子看也不看。
乔治又追到他的前面，
抓住了他苍白的发辫，
“回去吧，看在上帝的面上：
你可别引我去走下计！”
老头儿愤怒地把他推开，
依旧向白城的大道走去。
乔治悲痛地、悲痛地哭了，
他从腰带里拔出手枪，
推上了扳机，于是射击。
彼得罗叫了一声，摇摇晃晃：
“扶着我吧，乔治，我受了伤！”
接着便倒在路上，断了气。
儿子向岩洞飞快地跑去；
他母亲出来，碰上了他。
“怎么？乔治，彼得罗在哪里？”
乔治冷峻地对母亲说道：
“老头子吃饭时喝醉了酒，
他睡在白城的大道上了。”[1]
她猜出了缘故，哭叫起来：
“让老天诅咒你吧，黑心的，
要是你把亲生父亲杀害！”

1　根据另一传说，乔治回答他的同志们说：“我的老头死了；把他从大路搬开。”——普希金注

从那时起，乔治·彼得罗维奇
就被人们叫作“黑心的”。

马

“我的骏马，为什么你嘶叫，
为什么你垂下了脖颈，
也不耸动你的鬃毛，
也不把你的马嚼咬紧？
可是我没有把你照管好？
可是你不愿意吃燕麦苗？
还是那马具不够美丽？
你可嫌缰绳不是丝的，
你的脚掌没有镶银，
你那马镫没有镀金？”

忧郁的马儿回答道：
“我消沉了，因为我听到
远方的马蹄奔跑的声音，
喇叭在吹，箭在振鸣；
我嘶喊，因为在田野里
我再也不能逍遥多久，
再不会俊美，受到好待遇，
或者炫耀明亮的行头；
因为严峻的敌人很快地

就要把我的鞍具拿走，
并且从我的轻捷的脚
把那银制的脚掌剥去，
我的心啊，它在悲凄，
因为这鞍褥就要拿掉，
他将要使用你的皮
盖上我的汗湿的身腰。”

一八三五年

（译安纳克利融）[1]

（片　断）

人们能认出骏马
凭那烙出的印纹；
凭着高统的帽子
让出骄傲的安息人[2]；
我能凭那明眸
认出幸福的恋人：
是情焰在那儿荡漾——
欢乐的放肆的征象。

“嫉妒的少女”

嫉妒的少女在哀哭，责备着少年；
少年伏在她肩上，不料轻轻入睡。
少女立刻无言地抚爱他轻柔的梦，
并且对他微笑，又悄悄洒着眼泪。

1　安纳克利融，纪元前 6 世纪的希腊诗人。
2　安息人，波斯人古称。

乌　云

啊，暴风雨后残留的乌云！
你独自曳过了明亮的蓝天，
唯有你投下了忧郁的阴影，
唯有你使欢笑的日子不欢。

不久以前，你还遮满了苍穹，
电闪凶恶地缠住你的躯体；
于是你发出隐秘的雷声，
把雨水泻满了干渴的大地。

够了，躲开吧！时令已变换了，
土地已复苏！雷雨消逝无踪：
你看那微风，轻轻舞弄着树梢，
正要把你逐出平静的天空。

“我原以为”

我原以为，这颗心忘了
轻易感受痛苦的能力；
我说：那以往的一切
早已不在，早已经过去！
去了，盲目信任的美梦，
热情的激动和忧郁……

可是，来了美的有力统治，
怎么这颗心又在战栗！

“哦，贫困”*

哦，贫困！我终于记取了
你苦涩的一课！我何以招惹
你的迫害？不仁的统治者啊，
你敌视满足，连梦也折磨！……
我富裕的时候做了什么，
这我已经不愿意重述：
财富应该静静地滋生财富，
但这也不必再多论列。
我要从你找到思想的食粮，
我感到，我并没有完全毁灭：
我和我的命运。——

* 本诗为巴瑞·考尔努尔戏剧《海燕》中一段独白的意译。

一八三六年

世俗的权力*

当伟大的圣迹胜利地完成，
十字架上的圣灵在痛苦里告终，
那时候，站在生命之树的两边的
是罪女玛利亚和高洁的圣处女，
两个女人站着，
都在无可比拟的悲哀中静默。
然而，如今，在神圣的十字架脚前，
好像在市政官衙门的台阶上，
我们看见的不是圣女排列两边，
而是两个凶狠的卫兵手执步枪。
告诉我吧，为什么要派他们守卫？
可是十字架已变成了政府的库存，
因而你们要防避老鼠，防避贼？
或是想给万皇之皇提高身份？
对于戴着荆棘之冠的救世主，
对于那顺从地、以自己的血肉
去忍受鞭挞、铁钉和钢矛的基督，
你们可想以强大的保卫来拯救？
或是为了防范民众，怕他们亵渎
那以自己的死刑赎出亚当后代的人？
还是为了怕挤得闲游的绅士不舒服，

* 据当时人称，在复活节前的星期五，彼得堡的卡赞教堂有两个卫兵站在耶稣像的两侧，本诗可能因此而作。

因而命令纯朴的人民不得进门？

(译宾得芒蒂)*

我并不重视有名无实的权利，
尽管不少人为它头晕目眩；
我不想抱怨为什么上天不赐予
美好的命运，使我能辩论税捐，
或者干预帝王彼此别再讨伐；
我也毫不难过：是否我们的报刊
还不能自由地哄骗一些傻瓜，
或者杂志的小丑不能有所施展，
因为受了过敏的审查官的制压。
你看：这不过是文字，文字，文字[1]。
有一些更好的权利为我珍视；
我要的是一种更可贵的自由；
唉，依赖皇帝也好，人民也好[2]——
岂不一样？天保佑他们。
我只求
对谁都不必理会，任我自在逍遥，
随心所欲，而不必为权势或为了

---

* 这首诗是普希金的原作，伪托翻译，是为了避免审查的麻烦。宾得芒蒂（1753—1828）是意大利诗人，早年曾同情法国革命。

1 “文字，文字，文字”是莎士比亚悲剧《哈姆雷特》中的话，指空洞无物的话或文字。

2 普希金看出议会制的虚伪性，因此以否定态度谈到它。

仆从的制服，压抑自己的良心，
或者改变初衷，或者弯下脖颈。
我愿意任随喜好，到处去游览，
赞叹和欣赏庄严美丽的自然；
或者深感于艺术和灵感的制作
而喜悦得战栗：啊，这才是快乐！
这才是权利……

纪念碑

我树起一座纪念碑
——贺拉斯

我为自己树起了一座非金石的纪念碑，
它和人民相通的路径将不会荒芜，
啊，它高高举起了自己的不屈的头，
高过那纪念亚历山大的石柱[1]。

不，我不会完全死去——我的心灵将越出
我的骨灰，在庄严的琴上逃过腐烂；
我的名字会远扬，只要在这月光下的世界
哪怕仅仅有一个诗人流传。

---

1 亚历山大一世的纪念柱建立在彼得堡的皇宫广场上，1834 年 11 月，在此纪念柱揭幕的前几天，普希金为了避免参加典礼，特地离开了彼得堡。

我的名字将传遍了伟大的俄罗斯，
她的各族的语言都将把我呼唤：
骄傲的斯拉夫、芬兰，至今野蛮的通古斯，
还有卡尔梅克，草原的友伴。

我将被人民喜爱，他们会长久记着
我的诗歌所激起的善良的感情，
记着我在这冷酷的时代歌颂自由，
并且为倒下的人[1]呼吁宽容。

哦，诗神，继续听从上帝的意旨吧，
不必怕凌辱，也不要希求桂冠的报偿，
无论赞美或诽谤，都可以同样漠视，
和愚蠢的人们又何必较量。

“想从前”[*]

想从前：我们年轻的节日
明亮、喧哗，戴着玫瑰花冠，
歌唱和碰杯的声音交织，
我们密密围坐着饮宴。
那时啊，我们活得轻松、果敢，

1 “倒下的人”暗示十二月党人。
* 本诗没有写完。据称，普希金在 1836 年皇村中学周年晚会上宣读此诗时，读至后来，泣不成声。

怀着愚昧的心，无忧无虑；
我们都为了希望而干杯，
为了青春和它的各种心机。

而今不同了：那欢愉的节日
和我们一样，失去疯闹的气氛；
它已经温和、安静、拘谨了，
碰杯的声音变得如此低沉；
彼此的谈话不再流畅、活泼，
我们只沉郁地疏疏就座，
歌唱间的笑声已经稀少了，
更常常地，我们叹息而沉默。
一切随时推移：中学的周年
这已经是第二十五次祝饮。
岁月不知不觉地川流而去，
啊，它是怎样改变了我们！
四分之一世纪没有白白溜去！
别埋怨吧：天道本来如此；
人所处的世界整个在旋转——
难道唯有人能凝然静止？

朋友们啊，可记得那时候
自从命运使我们会合在一起，
我们目睹了怎样的变化！
作为一场玄奥游戏的玩具
被煽动的民族互相扑击；

帝王们耸立，又颠覆不见，
忽而荣誉，忽而自由，忽而骄矜，
使人们的血染红了祭坛。

你们可记得皇村中学的开办，
沙皇为我们开放了女王宫，
我们入学了。当着皇家的宾客，
库尼金怎样把我们欢迎，
——那时候，一八一二年的雷雨
还在沉睡。拿破仑还不曾
考验这一个伟大的民族，
他还尽在恫吓与犹疑之中。

你们记得：大军接连开出去，
我们送别了较年长的弟兄，
怀着敌忾，我们回到了学苑，
却多么羡慕那些先于我等
去死的人……异族被击败了，
罗斯包围了骄矜的敌兵；
那为敌军铺好的一片雪原
曾为莫斯科的霞光所映红。

你们记得：我们的阿伽门农[1]
怎样从被俘的巴黎凯旋而归。

1 阿伽门农，古希腊战胜特洛伊的统帅。这里指亚历山大一世。

那时候，怎样的欢腾迎着他！
啊，他曾经多么伟大，多么美！
他是各族的友人，自由的救星！
你们记得——就在这片花园，
这明媚的湖旁，一切多么欢跃，
当他光荣地来享受片刻的悠闲。

他去世了——舍弃了罗斯，
这罗斯被他提升使世界惊奇，
而那被人遗忘的流放者，
拿破仑，却在异域的山中死去。
新的沙皇，他严峻而有力，
在欧洲的边疆开始逞雄，
于是大地上又聚起了阴云，
暴风雨……

一八二七～一八三六年

黄金和宝剑*

一切是我的，黄金说；
宝剑说：一切属于我。
我买一切，黄金自夸；
宝剑说：一切由我拿。

“为什么我对她倾心”

为什么我对她倾心？
为什么必须和她分开？
哪一天我才能有幸
不再为流浪生活所宠爱？

她看你时是这样温存，
她这样随意地絮语密谈，
她这样精致地欢欣，
她的眼睛充满了情感；
昨晚上，她竟如此微妙，
从铺台布的桌子下面
向我送过来小小的脚。

---

* 本诗是一首佚名的法文警句的翻译。

"啊，不，我没有活得厌烦"

啊，不，我没有活得厌烦，
我爱生活，我要活下去；
这心灵还没有完全冷却，
尽管我的青春已经虚掷。
它还能对新奇的事物
保留着感受的欢欣，
还能喜于幻想的美梦，
和对一切……的感情。

普希金年表

1799年　6月6日出生于俄罗斯莫斯科一贵族家庭。

1811年　被选入位于皇村的帝国学院学习，是这所精英学校的第一届学生。他和同学们一起写作和创办杂志。在皇村学校的六年时光极大地影响了普希金。

1814年　创作《告诗友》并发表，这是他首次公开发表诗歌。创作名作《皇村回忆》，受到诗人杰尔查文的赏识。

1816年　加入文学团体“阿尔扎马斯社”。

1817年　皇村学校毕业，到位于彼得堡的外交部工作。创作《自由颂》等诗篇，着手创作第一部长诗《鲁斯兰和柳德米拉》。

1818年　发表《致恰达耶夫》。

1819年　发表《乡村》。

1820年　《自由颂》《致恰达耶夫》《乡村》等歌颂自由、反对暴政的诗篇触怒当局，被流放至俄罗斯南部。结识十二月党人成员。完成《鲁斯兰和柳德米拉》。开始创作长诗《高加索的俘虏》。

1821年　完成《高加索的俘虏》。

1823年　开始创作长诗《叶甫盖尼·奥涅金》。

1824年　被软禁在米海洛夫斯克村。发表《致大海》。

1825年　创作《“假如生活欺骗了你”》等诗歌和第一部诗体小说《努林伯爵》。

1826年　十二月党人起义失败。沙皇赦免普希金，把他召回莫斯科。

1828年　结识龚佳罗娃，开始追求她。

1829年　第一次向龚佳罗娃求婚，未果。

1830年　第二次向龚佳罗娃求婚，获允。创作短篇小说集《别尔金小说集》。完成《叶甫盖尼·奥涅金》。

1831年　与龚佳罗娃结婚。迁居彼得堡，仍在外交部任职。

1833年　发表童话诗《渔夫和金鱼的故事》、小说《黑桃皇后》。

1834年　发表以彼得大帝为题材的长篇叙事诗《青铜骑士》。

1836年　发表《纪念碑》，完成小说《上尉的女儿》。

1837年　在沙皇朝廷的蓄谋煽动下，普希金被丹特士激怒并提出决斗。丹特士先开枪，普希金腹部重伤，于2月10日辞世。“俄罗斯诗歌的太阳”从此陨落。

经典译林

Yilin Classics

书名	单价	书名	单价
癌症楼	78.00 元	艾青诗集	35.00 元
爱的教育	39.00 元	爱丽丝漫游奇境	29.00 元
安娜·卡列尼娜	65.00 元	安徒生童话选集	42.00 元
傲慢与偏见	36.00 元	奥德赛	92.00 元
八十天环游地球	32.00 元	巴黎圣母院	42.00 元
白洋淀纪事	39.00 元	百万英镑	35.00 元
包法利夫人	38.00 元	悲惨世界（上、下）	98.00 元
背影	28.00 元	被侮辱与被损害的人	39.00 元
边城	36.00 元	变色龙：契诃夫中短篇小说集	39.00 元
变形记 城堡	38.00 元	草叶集：惠特曼诗选	39.00 元
茶馆	32.00 元	茶花女	35.00 元
查拉图斯特拉如是说	38.00 元	沉思录	29.00 元
城南旧事	29.00 元	大卫·科波菲尔（上、下）	79.00 元
当代英雄	45.00 元	稻草人	29.00 元
地心游记	32.00 元	飞鸟集·新月集：泰戈尔诗选	39.00 元
飞向太空港	39.00 元	福尔摩斯探案集	58.00 元
复活	42.00 元	傅雷家书	49.00 元
富兰克林自传	36.00 元	钢铁是怎样炼成的	39.00 元
高老头	39.00 元	格列佛游记	35.00 元
格林童话全集	49.00 元	给青年的十二封信	38.00 元

书名	单价	书名	单价
古希腊悲剧喜剧集（上、下）	118.00 元	海底两万里	38.00 元
红楼梦	69.00 元	红与黑	49.00 元
呼兰河传	35.00 元	呼啸山庄	39.00 元
基督山伯爵（上、下）	108.00 元	纪伯伦散文诗经典	42.00 元
寂静的春天	35.00 元	假如给我三天光明	32.00 元
简·爱	39.00 元	金银岛	35.00 元
经典常谈	29.00 元	荆棘鸟	45.00 元
静静的顿河	128.00 元	镜花缘	49.00 元
局外人·鼠疫	38.00 元	菊与刀	35.00 元
克雷洛夫寓言	32.00 元	宽容	32.00 元
昆虫记	39.00 元	老人与海	32.00 元
理想国	45.00 元	聊斋志异	55.00 元
了不起的盖茨比	38.00 元	列那狐的故事	39.00 元
猎人笔记	38.00 元	林肯传	39.00 元
鲁滨逊漂流记	39.00 元	鲁迅杂文选集	36.00 元
绿山墙的安妮	36.00 元	罗马神话	16.80 元
罗生门	39.00 元	骆驼祥子	32.00 元
美丽新世界	35.00 元	名人传	39.00 元
拿破仑传	49.00 元	呐喊	29.00 元
牛虻	38.00 元	欧·亨利短篇小说选	36.00 元
欧也妮·葛朗台	32.00 元	彷徨	32.00 元
培根随笔全集	38.00 元	飘（上、下）	88.00 元
普希金诗选	42.00 元	骑鹅旅行记	36.00 元
乞力马扎罗的雪	39.80 元	热爱生命·海狼	38.00 元

书名	单价	书名	单价
人间草木：汪曾祺散文精选	49.00 元	人类群星闪耀时	36.00 元
人性的弱点	39.00 元	日瓦戈医生	68.00 元
儒林外史	42.00 元	三个火枪手	59.00 元
三国演义	59.00 元	沙乡年鉴	42.00 元
莎士比亚喜剧悲剧集	49.00 元	少年维特的烦恼	28.00 元
神秘岛	48.00 元	神曲（共三册）	128.00 元
十日谈	68.00 元	世说新语（上、下）	89.00 元
双城记	45.00 元	水浒传	69.00 元
四世同堂（上、下）	78.00 元	苔丝	39.00 元
谈美	35.00 元	谈美书简	36.00 元
汤姆·索亚历险记	32.00 元	汤姆叔叔的小屋	45.00 元
唐诗三百首	39.00 元	堂吉诃德	78.00 元
天方夜谭	42.00 元	童年	38.00 元
童年·在人间·我的大学	49.00 元	瓦尔登湖	36.00 元
我是猫	39.00 元	乌合之众	35.00 元
物种起源	42.00 元	雾都孤儿	44.00 元
西顿野生动物故事集	38.00 元	西游记	62.00 元
希腊古典神话	49.00 元	乡土中国	36.00 元
小妇人	45.00 元	小王子	29.00 元
星星离我们有多远	35.00 元	喧哗与骚动	58.00 元
雪国　古都	39.00 元	羊脂球	38.00 元
一九八四	36.00 元	一间自己的房间	36.00 元
伊利亚特	82.00 元	伊索寓言：555 则	36.00 元
尤利西斯	58.00 元	约翰·克利斯朵夫（上、下）	98.00 元

书名	单价	书名	单价
月亮和六便士	45.00 元	战争与和平（上、下）	108.00 元
朝花夕拾	22.00 元	中国民间故事	39.00 元
子夜	49.00 元	最后一课	36.00 元
罪与罚	66.00 元